親と子

めおと相談屋奮闘記

野口　卓

集英社文庫

目次

親と子
めおと相談屋奮闘記

主な登場人物

信吾　黒船町で将棋会所「駒形」と「めおと相談屋」を営む
波乃　楽器商「春秋堂」の次女　信吾の妻
甚兵衛　向島の商家・豊島屋のご隠居　「駒形」の家主
常吉　「駒形」の小僧
巌哲和尚　信吾の名付親で武術の師匠
誠と三吉　猿曳き（猿廻し）とその猿
宮戸川ぺー助　花川戸町に住む幇間
正右衛門　信吾の父　浅草東仲町の老舗料理屋「宮戸屋」主人
繁　信吾の母
正吾　信吾の弟
咲江　信吾の祖母

捨^{すて}
子^ご
行^{こう}

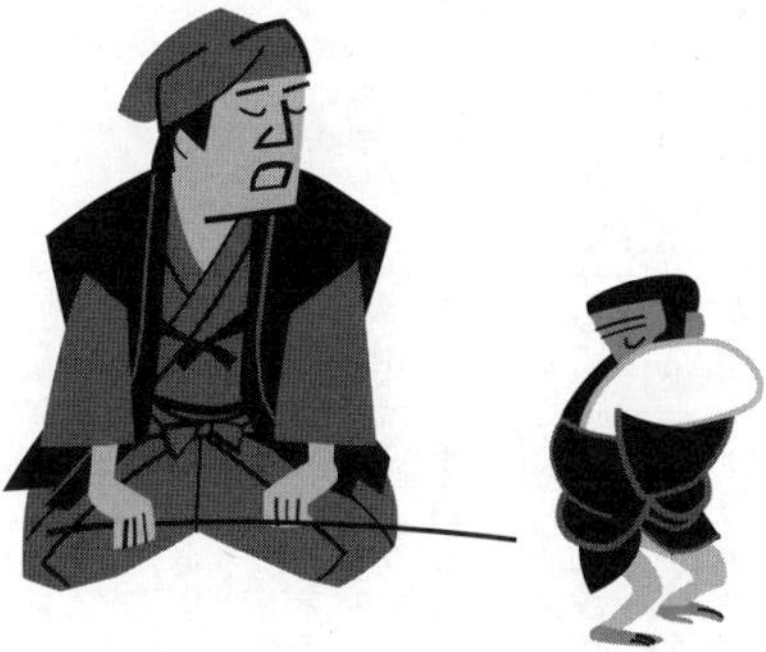

一

「よかったわね。安心したよ、母さん。だったら離れ座敷で待っていておくれ」

信吾《しんご》が挨拶するより早く、母の繁《しげ》は顔を見るなり二人の背中を押した。さすが母親だと感心したが、料理屋の客入れまえというあわただしいときに、予告もなしに息子と嫁が来れば気が付かないほうがおかしいだろう。

坪庭に面した離れ座敷に移って、坐《すわ》るか坐らないかのうちに廊下に足音がした。「おめでとう、信吾と波乃《なみの》さん」と、襖《ふすま》を開けながら正右衛門《しょうえもん》が声を掛けた。「そろそろじゃないかと思ってはいたが、こちらから聞く訳にもいかないからね」

父に続いて母と祖母、そして正吾《しょうご》が二人のまえに坐った。だれもが満面に笑みを湛《たた》えている。

「阿部川町《あべかわちょう》におめでたがあったでしょ。それもまさかの男の子だもの」と、祖母の咲江《さきえ》が言った。「良いことは続くって言うだろう。次は黒船町《くろふねちょう》の番だと、指折り数えてこの日を待っていたんだよ」

両親だけでなく祖母や正吾も、波乃の実家を屋号の「春秋堂《しゅんじゅうどう》」でなく阿部川町、信吾たちを「めおと相談屋」や将棋会所「駒形《こまがた》」でなく、黒船町と町名で呼んでいた。

話そうとしたところで、信吾は中断しなければならなかった。女中がかれらのまえに茶を注いだ碗《わん》を置き、一礼してさがったからである。話を聞かれては見世中の奉公人に知られてしまうが、それは家族に報《しら》せてからでなければならない。

女中の足音が消えるのを待ってから信吾は言った。

「先に言われてはなんとも間が抜けた話ですが、お察しのとおり子を授かりまして」

「おめでとう」

両親と祖母、そして弟が声をそろえて祝ってくれた。ちゃんと応えなければと思いながら言葉にならず、信吾はただ深々と頭をさげた。だが波乃は恥ずかしそうにではあるが、きちんと礼を述べた。

「義父《おとう》さま、義母《おかあ》さま、祖母《おばあ》さま、そして正吾さん。皆さま、本当にありがとうございます」

いつになく狼狽《ろうばい》しながら信吾は付け足した。

「右におなじく」

信吾がそう言うと全員が噴き出し、堪《こら》えかねたように波乃も口に手を当てた。

「それでよく相談屋をやっていられるね。阿部川町で『右におなじく』なんてことを言ったらそれまでだよ」と、繁は笑いながら息子を睨《にら》んだ。「大事な娘を、出来損ないの嫁にしておく訳にはいかん。すぐに返してもらわねば、と言われるに決まっています」

「返せったって、子供ができたのですよ」

「子供ができたことが理由にならないくらい、信吾は間の抜けたことを言ったの」

いくら親でもひどすぎると思ったが、事実なので返す言葉もない。

「赤ちゃんの名前は決めたんでしょう」

正吾がまじめな顔で信吾と波乃に訊《き》いた。両親と祖母が正吾を、続いて信吾を見た。なんと答えるだろうかと、楽しみでならないという顔をしている。

「生まれるのはずっと先だよ。それに男の子か女の子かわかりもしないのに、今から名前なんて考えられないだろう」

「でも、どちらかでしょう」

「そりゃ、そうだけど」

「どちらが生まれてもいいように、男の子なら男の子らしい元気な、女の子は可愛《かわい》らしい名前を用意しておくものなんですって」

「偉そうに言うけど、正吾は子供どころか女房さえいないじゃないか」

「それは祖母さまに」

「ああ。あたしが話したのさ」と、咲江が澄まし顔で言った。「なにも教えないうちに、長男が家を飛び出してしまったからね。となれば跡を継ぐ次男にはちゃんと教えておかないと、宮戸屋《みやとや》が恥をかくことになってしまうから早めに教えたの。のんびり構えていて間際になってあわてるのを、これまで何度も見てきたからね」

「名前はともかくとして、男か女か、どちらがほしいなんてことは話したんでしょ」

正吾に言われて、信吾と波乃は顔を見あわせた。信吾は前夜の食後に波乃に教えられ、まだ半日あまりしか経《た》っていないので、話題に上らなかったのである。

「生まれるのはずっと先だから、男がいいか女がいいかと言われたってね」

「どっちがほしいかってことだから、迷ったり悩んだりすることはないと思うけど」

無邪気な顔で正吾は追撃をやめない。

「一人目は女の子がいいんじゃない」と、母が言った。「一姫二太郎と言うでしょ。最初が女の子で二人目が男の子だと、育てやすいし手も掛からないんですって。女が一人で男が二人って意味じゃないのよ、勘ちがいしている人が多いみたいだけど」

「おまえが産むんじゃないんだから」と、正右衛門が呆《あき》れたように言った。「元気に生まれてくれさえしたら、男でも女でもいい。こういう話は、そういうことでめでたくお終《しま》いになるものだがな」

「あたし、女の子だって気がするの」と、繁が言った。「阿部川町さんとこは代々女の子ばかり生まれて、花江《はなえ》さんと波乃さんには男の兄弟はいないでしょう」

「ええ」

波乃が答えると繁は全員を見廻《みまわ》した。

「それなのに花江さんには男の子が、元太郎《げんたろう》ちゃんが生まれました。宮戸屋も信吾と正吾には姉も妹もいない。それからすると、波乃さんは女の子を産むのじゃないかという気がしてね」

「そういうことにしとこうじゃないか」と言ってから、咲江は信吾に訊いた。「阿部川町さんへは報せたのかい」

「これからです」

問われて信吾が答えると、父は波乃に顔を向けた。

「ということで、波乃さん」

「はい。なんでしょう、義父さま」

「宮戸屋でささやかな祝いの席を設けたいと思いますので、ぜひ皆さんにご出席いただきたいと伝えてくだささい。日時はご都合にあわせますから、のちほどお報せいただければと」

「それから、信吾」

なるべく近いうちに名付け親の巌哲《がんてつ》和尚と、仲人を務めてくれた武蔵屋《むさしや》彦三郎《ひこさぶろう》夫妻への挨拶を忘れないように、と母が念を押した。

取り留めのない話をしているうちに、すぐに宮戸屋の客入れの時刻となった。大抵の客は女将《おかみ》や大女将が顔を出さなくてもすむと言われたが、信吾たちは仕事の邪魔をしてはいけないからと宮戸屋を辞した。

明日以降、昼と夜の客入れの合間を縫うようにして、繁と咲江がなにかと理由を作って黒船町にやって来ることは、火を見るよりも明らかであった。その相手は波乃に任せておけばいい。子が生まれるまで、そして生まれてからも、なにかと教えてもらえることだろう。

東仲町《ひがしなかちょう》では馬鹿なことも言えたが、阿倍川町は波乃の実家である。信吾は挨拶が終わるなり、波乃の懐妊を打ち明け、おおいに喜ばれた。

春秋堂の面々はすでに知っていて、いつ二人が報告に来るかと待ち受けていたのである。おなじ町内ということもあって、産婆のお伝婆《でんばあ》さんが両親や花江たちに、祝いを述べていたからだ。

宮戸屋では話があちこちに飛んだが、春秋堂では話題は一点に絞られた。元太郎という生まれたばかりの見本が目のまえにいる。気持よく寝ていたのに、信吾たちの訪問で目を醒《さ》ましたらしい。

花江がむずがる元太郎を抱きあげ、あやし始めたので話も目も母と子に集まる。波乃は予定日を訊かれて答えていたが、答えながらも嬰児《えいじ》が気になってそちらを見てしまうのであった。そのうちに元太郎が、五本の指をもごもごと動かした。

「お乳がほしいみたいよ」

ヨネがそう言ったので、花江は「失礼しますね」と言うなり胸をはだけ、赤ん坊に乳を含ませた。微《かす》かに漂っていた乳の匂いが、一気に濃く感じられた。

花江の乳房は小振りだが、膨れてはち切れそうであった。真っ白な肌に血の管が、網目のように青く浮き出ている。

家族は見慣れているのでなんともない顔をしているが、信吾は不意討ちを喰《く》らったのだからたまらない。反射的に顔を背けると、赤面したのに気付いて波乃が含み笑いをした。

それにしても無心に乳を呑《の》む赤子の、なんと神々しいことだろう。母の乳房に紅葉のような手を当てて、それを押すか揉《も》むかしている。それが赤子にとっては、なすべきことのすべてであるとでもいうように。

「あッ、笑った。わかるのね、姉さんが自分の母親だってことが」

「そこまではわからないそうよ」と、花江が言った。「お伝さんによるとね、赤ん坊は生まれてしばらくは、ぼんやりとしか見えないんですって。だけどあどけない顔をすると、それを見た人は、あッ、自分がこの児《こ》を守ってやらなきゃと思うらしいの。赤ん坊はなにもわからないうちから、自分を守るための策略を用いているんですって」

「策略だなんて。生まれたばかりなのに」

「人は、いえ、人だけじゃないけれど、生き残るために思い掛けないことをするらしいの。自分から企《たくら》むのではないのよ。生き物は生まれながらにして、みんなそうなんですって」

「姉さんもわたしもそうだったのかしら」

「そのはずよ、憶《おぼ》えてはいないけれど」

「だからいいの」と、ヨネが姉と妹に笑い掛けた。「なにからなにまで憶えていたら、喧嘩《けんか》が絶えなくなるでしょ」

「今だって喧嘩はするけれど」

花江がそう言うとヨネは波乃に話し掛けた。

「波乃は妹だから、姉は新しい着物や玩具《おもちゃ》を買ってもらえるのに、自分はいつもお古ばかりだって、口惜《くや》しい思いをしたでしょう」

「そりゃ、ずっと思っていたわ」

「波乃がそんな気でいたなんて、花江は知りもしないはずよ」

「え、ええ」

「波乃が生まれたとき、泣いて口惜しがったのは憶えてないでしょうね」

「妹ができてとてもうれしいとは思ったけれど、泣いて口惜しがっただなんて」

「あたしは花江も波乃もおなじように扱ったけれど、花江は波乃にあたしを取られると思ったのでしょうね、わんわん泣いて」

「まさか」

花江がつい抱く手に力を入れたからか、元太郎が泣いたので新米の母親はあわててあやし始めた。

「わかったでしょう」と、ヨネは花江と波乃に笑い掛けた。「赤ちゃんにとっては親がすべてなの。物がちゃんと見えたり、歯が生えそろったりするまでは特にそうなのよ」

「親になるってたいへんなことなんですね」

「子供は二年か三年かのあいだに受けたことによって、すべてが決まるそうですよ。だからその子の幸せを願って、気を配らなければね」

和気藹々《わきあいあい》のうちに話は弾んだが、そのうちに信吾はあることに気付いた。

「赤ん坊の目はぼんやりとしか見えないそうですが、耳はちゃんと聞こえているようですね」

花江や夫の滝次郎《たきじろう》、善治郎《ぜんじろう》やヨネがなにか言っても、元太郎はあまり動かない。ところが信吾と波乃の言葉には、声がしたほうに顔を向けるのである。聞き慣れない声だからだろうが、とするとよく聞こえるだけでなく、聞き分けることもできるらしい。

「信吾さんはよく気が付かれましたね」と、滝次郎が感心したように言った。「わたしなんか、そんなちがいなど思いもできませんでしたけれど」

「お腹《なか》にいるときから聞こえていましたよ」と、花江が元太郎の顔に目をやったままで言った。「七ヶ月目ごろからだったかしら、黙ったままのときと、話し掛けながらお腹を撫《な》でているときと動き方がちがうの」

「えッ、どうちがうの、お姉さん」

「声を掛けながら撫でていると、よく動くだけでなく、ときには摩《さす》っているあたしの手を、足で蹴ることさえあったわ」

「まるで話しあっているみたいね」

「そうなの。ささやき掛けるちいさな声なのに、応えてくれるのよ。言っている意味など、わかりもしないでしょうに」

「お姉さんはどんなことを話したの」

花江は元太郎の顔から波乃に視線を移したが、すぐにその目を子供にもどし、ふふふと含み笑いをした。

「それは話してあげない」

「意地悪」

「波乃のためを思って言っているの。そのときになったら波乃もきっと言わずにいられないと思うから、そのときが来るのを楽しみにしてなさい」

「あなたたち、いつまでも子供のままね」

母親のヨネが笑いながら言ったが、その目はかぎりなくやさしいものであった。

信吾と波乃の子供の誕生は七、八ヶ月ほど先になるが、波乃にとっては心強いことだろう。新たな生命を産み落としたばかりの先輩が身近にいるのだから。日々その子を育てている姉に、なにかあるたびに教えてもらえるのである。しかも鮮やかな記憶の残っているうちに。


「ふしぎと、お二人がぶつかることはないんですよね」

夕食を終え、常吉《つねきち》が番犬の餌を入れた皿を持って将棋会所にもどると、波乃がそう言った。二人とは母の繁と祖母の咲江である。

波乃が身籠ったのを知ったからには、これまで以上に頻々と黒船町の借家にやって来るだろうと、信吾の思ったとおりであった。毎日のようにどちらかが来ているらしいが、特に用がなければ信吾は呼ばれない。

「そりゃそうさ。宮戸屋の女将と大女将として自分たちの料理屋で奉公人を差配しているのだから、互いの動きがわかっている。母が黒船町に行くのだなと思えば祖母は控えるし、その逆もあるからね。だからぶつかる訳がない。しかし頻繁に来れば鬱陶しいだろう」

「そんなことありません。休憩時間は昼と夜の客入れのあいだの一刻《いっとき》（約二時間）ほどでしょ。行き来の時間もあるから、こちらにいらっしゃるのは半刻（約一時間）あまり。もっと話してもらいたい、話していたいと思うこともありますよ」

「だったらいいけど、二人ともお節介焼きだからな」

「そんなふうにおっしゃっちゃ気の毒でしょう。いろいろ教えていただけるからありがたいわ。今日は義母さまが、お客さまにいただいた酢橘《すだち》を持って来てくださったの。江戸《こちら》では手に入らないそうよ。つわりには酸っぱいものがいいんですって」

「つわりって、波乃はまだ二ヶ月ほどだから」

「あたしも知らなかったけれど、つわりは人によって差があるみたい。ほとんど感じない人もいれば、身籠ってから四十日ほどで始まって、お産のすぐまえまで続く人もいるそうです。生まれるまで十月十日《とつきとおか》と言いますから、九ヶ月近くもつわりが続けば憂鬱でしょうね」

「波乃はどうなんだ、つわりらしいことは」

「五十五、六日めくらいから、七十日前後が一番ひどい人が多いそうです。あたしもそろそろそうなってもおかしくありませんが、今のところこれといって」

「軽くすめばいいけど、花江姉さんはどうだったんだろう」

「姉はあまりひどくなかったみたいですけど、朝のお腹の空《す》いているときに出ると言っていました。胸やけや胃のもたれ、吐き気がしたそうです。それからご飯の匂いにムッとなったと言っていました。でもあたしが出掛けるのは昼間ですから、姉さんは、いつもと変わるところはありませんでしたよ」

波乃が出掛けるとき、以前は母のヨネが付けた女中のモトが供をしていた。しかし波乃が半年で料理を習得したので、モトは阿部川町の春秋堂にもどっている。

そのため信吾は常吉を供に付けた。常吉は将棋会所の仕事をしなくてよく、波乃から駄賃をもらえるので供を楽しみにしている。

そのあいだ、信吾が代わって雑用をしなければならなかった。客に茶を出し、莨盆《タバコぼん》の灰を捨てるなどいろいろある。

晴れて土埃《つちぼこり》のひどい日には、洗足盥《すすぎだらい》と手拭を用意しなければならない。雨の日には、傘や合羽を土間の壁に掛ける。

客が来れば、月極め《つきぎ》で先払いしている常連客はいいが、そうでなければ席料二十文を受け取り、履物を下駄箱《げたばこ》に収める。客が帰るときには履物をそろえて出す。「席亭さんいいですよ」と遠慮する人が多いが、すべての客を平等に扱わねばならない。

そつなくこなしているが、常吉は思っている以上に多くの用をこなしているのがわかった。波乃の供を喜ぶはずだ。

二

朝の五ツ（八時）すぎであった。

大黒柱の鈴が二度、二回続けて鳴るのが、波乃からの母屋に客ありの合図である。緊急を要する場合は、特例として三回鳴らすように決めたこともあった。それが五回連続して鳴ったので、信吾は席を蹴るようにして立ちあがった。普段は物静かなだけに、将棋客たちは驚くよりも呆れたようである。

波乃の身になにかあったのではと危ぶんだのだ。しかし危険が迫った場合は、切れ目なしに鳴らすことになっているのを思い出した。

とすれば、思いもしなかった人がやって来たか、相談客絡みで厄介な事態になったということだろうか。予定は聞いていないが、不意に来る相談客がいないこともない。

沓脱石《くつぬぎいし》に置かれた日和下駄を突っ掛け、信吾は将棋会所と母屋を隔てる生垣に設けられた柴折戸《しおりど》を押した。

八畳の表座敷に目をやった信吾は、「あッ」と声に出していた。

「誠《まこと》さんに三吉《さんきち》じゃないですか」

そこにいたのは猿曳《さるひ》きの誠と、猿の三吉であった。こぼれそうな笑みを浮かべた波乃もいっしょである。

「信さん、しばらくだったね」

何度も会っているうちに「信吾さん」が、いつの間にか「信さん」になっていた。

誠の挨拶が終わるのを待ちかねたように、興奮しきった波乃が言った。

「今日はね、三吉の芸を見せてくれるんですって。それも大人気の」

であれば波乃が、大黒柱の鈴を五回鳴らすのもむりはない。

誠は信吾たちの黒船町からはさほど離れていない、猿《さる》屋町《やちょう》代地《だいち》に住む猿曳きであった。いわゆる猿廻しである。誠はときどきではあるが三吉を肩に乗せて、黒船町の信吾たちの借家にやって来た。ただ近ごろは多忙らしくて、しばらく姿を見せていなかった。三吉の芸がいいので、次々と座敷の声が掛かっているようだ。

「三吉が二人に会いたがってね」

誠はそう言うが、三吉によるとその逆だ。

――誠は二人の顔を見たいし、声を聞きたくてたまんないんだよ。

ということは誠も三吉も、ときどき信吾と波乃の顔を見、声を聞きたいということなのだろう。こちらは、特に波乃はそれ以上に会いたいのだ。

波乃は誠が三吉に芸を仕込むところを、見学させてもらいたくてならないのである。

ところが猿曳きは仕上がった芸を見せはするが、外部の人間に仕込んでいるところは絶対に見せない。

唯一の例外が信吾であった。猿屋町代地の通りを歩いていて三吉が腰にしがみ付いたことで、誠は信吾と話すようになった。二人の遣《や》り取《と》りを聞いていた十郎兵衛《じゅうろうべえ》親方の父親である長老に認められ、投銭《なげせん》で稼ぐにわか仕込みから、座敷で高等な芸を披露する本仕込みになることができたのである。

本仕込みになると、あちこちの座敷に招かれ、ご祝儀がたっぷりともらえる。神社や寺の境内などで芸を見せるにわか仕込みの投銭稼ぎとは、天と地ほどのちがいがあった。

誠に本仕込みを教え終わると、それが寿命であったかのように、爺《じ》っちゃと呼ばれて親しまれ、また恐れられていた長老は亡くなった。その爺っちゃが認めていたので、猿曳きたちは信吾を受《う》け容《い》れている。だから誠が信吾に三吉を仕込むところを見せても、だれも文句を言わなかった。

波乃はそれが羨ましくてならないのだろう。ところが誠が三吉の芸、それも大人気の芸を見せてくれるというのだから、興奮するのは当然であった。

「幇間《たいこもち》が始めた演目《だしもの》だそうだけど、大受けするのを見て素人が真似《まね》するようになったってことなんだ。近頃、酒の席で大人気の隠し芸だそうでね」

「だったらそれを猿にやらせたら、受けるにちがいないということに」

「そうなんだよ。猿曳きたちは競って、自分の猿に教えようとした。しかしだれもと言うか、どの猿もなかなか憶えられない」

——頭の悪いやつばかりだからな。

三吉は会話に加わりたいのだろうが、残念ながらその言葉は信吾にしかわからない。

「三吉は利口だから、あっという間に憶えたんでしょう」

——波乃さんは頭がいいから、すぐにわかるんだな。

「例えばおおきな動き、極端な例がとんぼ返りだね。ほかにも寝転がって脇の下を掻《か》くとか、酔っ払いの真似をしてふらついて歩くなどは、難しそうに見えるかもしれない。おおきな動きは教えやすいし、猿もそれほど稽古を繰り返さなくても憶えられる。だけどね」と、誠が得意そうに言った。「今度の芸は動きが少なく、ほとんど目や表情だけで見せなければならないから、そんじょそこらの猿にできる訳がないんだ」

「濃《こま》やかな表現ということか」

誠はおおきくうなずいた。

「人がやっても大受けするくらいだから、猿がやるとだれもが大喜びするのさ。しかしとても難しい。動きがほとんどない地味な芸だろう。しかも細かなところを詩吟にあわせなくちゃならないから、わずかにズレるだけで芸が壊れてしまう」

「詩吟、吟詠かい。それにあわせ三吉が芸をするなんて、聞いただけですごいと思うよ」

詩吟は朗読に節調《せっちょう》を加えて効果的に詩情を表現するが、語尾の母音を長く引くのが特徴だ。剣舞や詩舞を伴うこともある。演じるのは三吉として、吟詠はどうするのだろう。もう一人連れて行くというのか。それに座敷芸として楽しんでもらうためには、いかなる工夫がされているのか興味が湧く。

波乃は大人気と言ったが、信吾にはピンと来なかった。誠もそれを感じたらしい。

「動きが少なくて地味だから、まるで受けないいんじゃないかと心配していたんだが」

受けているらしいので調子をあわせる。

「常陸国《ひたちのくに》は大洗《おおあらい》、とんだ大笑いってことだね」

「そうそう、それそれ」

権六《ごんろく》親分得意の駄洒落《だじゃれ》を出したが、さすが芸人、誠は知っていた。

「涙を流しながらの爆笑でね。さっきも言ったけれど、三吉が大受けなのを知って、自分の猿に教え始めた猿曳きが何人もいる。やっとのことで憶えたのもいるけど、一度見たことのある人は三吉でなきゃと言うんだ。芸に玄人と素人以上の開きがあるからね。ということで、次々と座敷が掛かっているんだよ」

「早く見せてもらいたいわ。誠さん、焦《じ》らさないでくださいな」

波乃が胸のまえで両手をあわせて、身を揉むようにしながら言った。

「よし、三吉。着替えだ」

誠がそう言うなり、三吉は誠に背を向けて両足でしゃきっと立った。

風呂敷を拡《ひろ》げると、誠は衣裳《いしょう》を取ってそれを三吉に着せながら信吾と波乃に説明した。

「吾妻橋《あずまばし》のたもとに捨子があるのを見て、わが子を捨てなければならない親の心情に思いを至らせた男が、友人に話したらしい。それを聞いて詩に綴《つづ》ったのが、出羽国《でわのくに》は米沢《よねざわ》藩の江戸詰めの藩士、原正弘《はらまさひろ》という人だそうだ」

誠が三吉に着せたのは、洗《あら》い晒《ざら》して色褪《いろあ》せ、継《つ》ぎ接《は》ぎだらけで裾が擦り切れた代物《しろもの》であった。貧困の極限で、子を捨てざるを得なかった男の役だからだろう。

吾妻橋は信吾たちの住む浅草《あさくさ》黒船町から、大川《おおかわ》沿いに北へ七、八町（八〇〇メートル前後）ほど上流に架けられている。それがわかっただけで、とても他所事《よそごと》とは思えなかった。

薄く綿を入れた厚手の布になにかを包んだのを、誠は三吉に抱かせた。綿入れの重ねた布に包まれた赤ん坊だろうが、誠はその中身を信吾と波乃に見せないようにしていた。

「原正弘って人の詩は本来は『棄兒行《きじこう》』という題だそうだけれど、だれも『捨子行《すてごこう》』でやっている。意味はおなじで、子供を捨てるということだね」と背筋を伸ばすと、誠は口上を張りあげた。「東西東西《とざいとーざい》、ここ許《もと》にご覧に入れまする太夫《たゆう》さんの名前は、三吉と申します。三ちゃんです」

三吉は信吾と波乃に深々とお辞儀をした。

「では皆々さま、始まりー始まり」

最初「始まりー」と語尾を伸ばし、次の「始まり」でぴしゃりと決めるのが心地よい。

三吉は二人からは見えないように誠の背後に姿を隠していたが、酒席で演じるときには小屏風《こびょうぶ》の裏にでも姿を忍ばせるのだろう。

誠が朗々と詩を吟じ始めると、姿を現した三吉が踊りというのか舞いと言えばいいのか、詩吟にあわせて独特の動きで所作《しょさ》を付け始めた。

斯《こ》の身飢《う》ゆれば　斯の兒《こ》育たず
斯の兒棄《す》てざれば　斯の身飢ゆ
捨《す》つるが是《ぜ》か　捨てざるが非か

人間の恩愛　斯の心に迷う
哀愛禁《あいあいきん》ぜず　無情の涙
復《また》兒顔《じがん》を弄《ろう》して　苦思《くし》多し
兒や命《めい》無くんば　黄泉《こうせん》に伴《ともな》わん
兒や命有らば、斯の心を知れ
焦心頻《しょうしんしき》りに屬《しょく》す　良家《りょうか》の救いを
去らんと欲して忍びず　別離の悲しみ

橋畔《きょうはん》忽《たちま》ち驚く　行人《こうじん》の語るを
残月一聲《いっせい》　杜鵑《とけん》啼《な》く

三

波乃にはわかりにくい部分もあったようだが、次のような意味である。

自分が飢えてはこの児は育てられないし、この児を棄てなければ自分が飢えてしまう。捨てるべきか捨てざるべきか、人としての情愛に心は迷い乱れる。哀《かな》しさと愛《いと》おしさのために無情の涙が溢《あふ》れ、繰り返しわが児に頬擦りして思い苦しむ。わが児よ、命運がなければあの世に道連れしよう。もし生きながらえるなら、親の切ない心を知ってほしい。

焦る心は、良家の救いの手をひたすら願うばかりだ。
去ろうとしたものの、別れの悲しみのために立ち去ることができない。
橋のたもとにいて通行人の話す声に驚き、児を捨てて立ち去る。
空には残月があってホトトギスが一声啼く。

の痛切極まりないものだ。冒頭は「子を棄つる藪《やぶ》はあれど身を棄つる藪はなし」の諺《ことわざ》を、ほとんどそのまま詩にしている。

信吾が驚嘆したのは哀しみと言おうか、苦渋に満ちた三吉の表情であった。

誠が吟じ始めると三吉は布に包《くる》んだわが子に見入るのだが、体は微動もしない。肩から下の胴体や手足は動かさず、ほんの微かに首を振るのであった。そして瞬《まばた》きもせずにわが子を見たままで、「復兒顔を弄して」の誠の吟じる声にあわせ、堪えられぬというふうに子に頰擦りをする。

それから再び子の顔に目をもどし、悲哀に満ちた目で見ながら、わずかに首を振る。目を閉じて頭《こうべ》をあげるのは、深い迷いの中にあることを表しているのだろう。

続いて「兒や命無くんば」からは、ほとんど魂の抜けたような表情になり、「良家の救いを」で四囲に虚《うつ》ろな目を向ける。しかし子を棄てて去るしかないと心を決め、下におろした子に見入る。

ところが驚いて顔をあげるのは、橋のたもとに子を置いたとき、通行人の声を聞いたからだ。詩にはないが、続く簡潔な語句だけで、意を決して子を捨て去ったことがわかる。そして「残月一聲」から「杜鵑啼く」に掛けて、完全に放心したようになるのである。

続いて酒席の隠し芸として人気になる結末が、巧みに用意されていた。

誠が吟詠から地声にもどり、「いや、これぱかりは捨てられぬ」と言う。同時に三吉が布に包まれた子供を抱きあげると、なんと子供ではなくて酒徳利《さかどくり》であった。さすがに一升徳利《いっしょうどっくり》はおおきすぎるからか、五合入りである。

この落としがあるために、誠は三吉に包みの中を見せないようにさせていたのだ。悲哀の極限から一気に落として笑いを誘う落差のおおきさに、酒席の人たちがドッと湧き返るのが目に見えるようだ。

見れば波乃は全身を激しく震わせ笑いを堪えているが、右手には手巾《しゅきん》を持って、目は涙に濡《ぬ》れている。心に染み入る誠の吟詠と三吉の演技に、もらい泣きしていたらしい。ところが愛する子供のはずが、一瞬で酒徳利に変わったので、笑いの箍《たが》が外れる直前状態となっているのだ。

信吾にはとても猿の芸とは思えなかった。いや、ここまで演じられる人がいるだろうか。

「これを見せられたら、お客さんは泣かずにいられないだろうし、それだけに笑いはおおきく、純なものとなるのだろうな」

信吾の言葉に波乃はおおきくうなずいた。

「ほかのお猿さんの捨子行は見ていませんけれど、三吉の芸を見ればきっと色褪せて見えると思いますよ」

——だれもが泣いて、それから腹を抱えて笑うからね。

三吉の自慢に信吾はうなずいた。

波乃の言葉に誠はにんまりする。

「信さんは最初に会ったとき、生き物は人の言葉は喋《しゃべ》れないけれど、人が話すことはわかっていると言ったよね」

「ああ、細かな意味まではわからないかもしれないけど、怒っているかそうでないか、うれしいのか哀しいのか、どうしてほしいと思っているのかは、いやもっと深くわかるはずだよ。犬猫でさえそうだから、猿は頭がいいのでさらに細かなことまでわかると思う。残念ながら人の言葉は喋れないけどね」

——信吾さんの言うとおり。ところが人は鈍いから、わからないだけなんだよ。

「生き物にも利口なのと馬鹿がいるようだけど、三吉は猿の中でも飛び抜けて利口だとわかったよ」

——だったら、もうちょっと大事に扱ってくれなきゃ。

「馬鹿な猿と組んだ猿曳きは気の毒だ」

誠の親方十郎兵衛の家は、土間の左側に四畳半の小部屋が並んでいる。そこで弟子たちは自分の猿を仕込むのである。

「しかし猿や犬猫が人の言葉を喋ったら、うるさくてかなわないな」

誠の言葉に三吉が茶々を入れた。

——だけど人ほどじゃないぜ。

「それにしても、誠さんの詩吟には舌を捲《ま》きましたよ。絶品ですね」

「信さんは相談屋さんだけあって、人を持ちあげるのが上手だから」

そうは言ったが誠が満更でないのがわかる。

「わたしは相談屋を始めるまえは、家の仕事を手伝っていましてね」

「東仲町の宮戸屋さんだったっけ」

「料理屋だから、いろんなお客さんがお見えになる。詩吟を唸《うな》る、吟じるのではなくて唸るお客さんもいらしてね。得意げに座敷で唸っているのを、随分と洩《も》れ聞きましたよ。だから言えるんだけど、誠さんの詩吟は堂に入る芸だね」

「そこまで言われりゃ白状するけど、捨子行をやろうと決めたとき、三月《みつき》のあいだ詩吟の師匠んとこに通ったんだよ」

「でしょう。だったらわかりますよ。声の出し方がちがうもの。腹の底から出ている」

「三月のあいだ毎日半刻師匠に鍛えられ、そのあと大川端《おおかわばた》など人のいない所で一刻以上はやったからね。雨の降る日も風の日も、血を吐くほど稽古をしましたよ。三月目に師匠に言われてね、一年やってもここまでできる者はいないって」

「太鼓判を捺《お》されたんですね。師匠にはどういうことを言われたのですか」

「空気を十分に吸いこみ、臍下丹田《せいかたんでん》に力を入れ、咽喉《のど》を開いて出る息が全部声になるようにする。言葉を明確に言えるように心掛けることも大事だ。吟詠は二句三息《にくさんそく》と言われていてね、二行の詩のあいだを三息《みいき》で吟ずることになっているんだ。それから起承転結を、よく心得ていなければならないと言われた」

誠によるとこういうことであった。

起句は始まりの部分で、「捨子行」で言えば「斯の身飢ゆれば　斯の児育たず」である。それを受けて押し広げてゆくのが承句で、「斯の児棄てざれば　斯の身飢ゆ」がそれだ。次に前二句がべつの方向に転じるのが転句で、「捨つるが是か　捨てざるが非か」の部分となる。起句、承句、転句を総まとめにして、結句の「人間の恩愛　斯の心に迷う」で一つの区切りとするとのことだ。

誠の説明は続いた。

「詩の流れを大事にしなければならないということだね。それから詩を作った人の気持を、汲《く》み取らなくてはならないとも言われた。『捨子行』の作者原正弘は、自分の子供を捨てた訳ではないのだ。吾妻橋のたもとに幼子が捨てられているのを見て、わが子を捨てなければならない親の気持を推し量った男が、友人に話したのを聞いたってことだから」

「誠さんの吟詠と三吉の芸だもの。お客さんが喜ばない訳がないよ」

「ほかの猿のやるのを見たけど、『仏造って魂入れず』ってやつだね。猿曳きに叱られ叩《たた》かれして、なんとかそれらしく見せているけれど、三吉のように心の襞《ひだ》を出せないいんだ」

「それにしても三吉の顔の、濃やかな変化には驚かされたね。まさに子を捨てるしかない父親の、哀しみに溢れていたもの」

「それだけじゃないのよね」と、波乃が続けた。「この人の伴侶《つれあい》はどうしたのかしら、長患いの末に亡くなったのだろうか。もしかすれば、裕福な商家の娘さんかもしれない。親の押し付ける縁談を蹴って好きな人と駆け落ちしたけれど病気になって、高価な薬をご亭主がむりして買ったものの、病には勝てなかったとか。三吉の芸を観《み》ていると、次々とそういう想《おも》いが湧き出てくるの」

「ああ、そういうことはお客さんにも言われた。いろんなことを感じるし、考えさせられるって。となると三吉は、一つの芸域に達したのかもしれないなあ」

「誠さんと三吉ですよ。だって誠さんの詩吟がなければ、三吉の芸は活《い》きないもの」

「今日お邪魔したのはね、喋れないけど、三吉が信さんと波乃さんに、『捨子行』を見てもらいたがっているのがわかったからなんだ」

——あッ、それは反対。誠さんが二人に見てもらいたいって。

「芸はもちろんだけど、ときどき顔を見せておくれよ。わたしは出掛けて稽古を見せてもらえるけど、波乃は誠さんと三吉が来てくれないと会えないんだもの」

「ああ、そうするよ」

昼すぎと夜の早めに二つの座敷に呼ばれているため、確認の稽古をするとのことで、誠は肩に三吉を坐らせて帰って行った。

四

二人で誠と三吉を見送ってから、信吾は将棋会所にもどった。

桝屋良作《ますやりょうさく》と甚兵衛《じんべえ》という、「駒形」で一、二を争う強豪同士の勝負が終わったところで、盤の周りには常連たちが集まっている。二人を囲んで途中経過をあれこれと検討していた。

気を利かせた客が甚兵衛の隣席を空けてくれた。礼を言って坐ると、待っていたように桝屋が信吾に訊いた。

「席亭さん、師匠を招いて詩吟の稽古を始められたのですか」

「いいえ。稽古所に通うくらいならなんとかなっても、師匠を呼んでいては小遣いが足りませんよ」

「将棋会所と相談屋をやってらっしゃるでしょう。お客さんのこともあって稽古に通えないので、師匠に来てもらったのかなと」

「それほど贅沢《ぜいたく》ができるといいのですが」

「するとお客さんですか。いいご趣味をお持ちですね。惚《ほ》れ惚《ぼ》れするほどの詠唱でした」

老舗のあるじとして一級の芸に接してきた人の言葉だから、誠が知ったらどれほど喜ぶことか。甚兵衛たちも話に加わったので、猿の芸や誠には触れずに信吾は説明した。

「なにかの事情があってどうしても憶えなければならないので、三月《みつき》の特別訓練を受けたとのことです。厳しかったそうですが、あそこまで吟じるまでになれたと」

「師匠も立派ですが、お弟子さんもすごいですよ」と、桝屋が言った。「よほど芸事の素地がおありなんでしょう。今度お見えになったら、是非てまえも聞かせていただきたいので、そのように取り計らっていただけませんかね」

「わかりました。しかし今日は早くお見えでしたが、夜のことが多いものですから」

信吾は床の間の小棚に置いてある手控帳を取って、念のためにたしかめたが、今日は午前も午後も対局の予定は入っていなかった。少しまえに金龍山浅草寺弁天山《きんりゅうざんせんそうじべんてんやま》の時の鐘が四ツ（十時）を告げたばかりなので、まだ家にいるかもしれない。

宮戸川《みやとがわ》ぺー助を訪ねてみようと信吾は思った。米沢藩士原正弘の「棄兒行」を、一席の座敷芸「捨子行」にしたのが幇間だと誠が言っていたので、おなじ幇間のぺー助がなにか知っているかもしれないと思ったからだ。

昼ぐらいにもどるからと、甚兵衛と常吉に断って信吾は会所を出た。

母屋に帰った信吾は念のため、手土産になるものはないかと波乃に訊いた。ペー助の女房セツは藤の木茶屋の羽二重団子で餡《あん》は醤油《しょうゆ》味、娘のスズは川口屋《かわぐちや》のさらし飴《あめ》が好物だった。いつもはそれを手土産にするが、急に思い立ったので買いに行くだけの時間がない。ペー助の家に行く途中にある並木町《なみきちょう》の、扇屋伊勢《おうぎやいせ》の七種煎餅《ななくさせんべい》にした。

ペー助の長屋は浅草花川戸町《はなかわどちょう》の通りの東側にある。越中屋《えっちゅうや》という米屋の横を行った先の武助店《ぶすけだな》で、四部屋ある三軒長屋の一軒だ。芸人らしく小ざっぱりとしていて、狭いながら庭も付いていた。

四ツをすぎているので微妙であったが、運よくペー助は家に居た。だが、午後と夜には仕事が入っているとのことである。

「久し振りにペー助さんとセツさん、それにスズさんの顔が見たかったんですよ」

「信吾さんは芸人じゃないんだから、むりにお世辞を言うことはないのよ」

セツが笑いながら言った。

「実はペー助さんに、教えてもらいたいことがあってね」

「水くさいなあ、信吾さん。あっしにわかることなら、なんでも訊いてくだせえ」

「近ごろ流行《はや》っているらしい、座敷芸のことなんだけど」

「座敷芸ならあっしの庭だから、大抵のことはわかりますがね」

「『捨子行』は人気があって、素人のあいだで隠し芸として流行っているそうですが」

「米沢藩の原正弘って人の」

「さすがですね。その人の『棄兒行』を一席の座敷芸『捨子行』にしたのが、ぺー助さんとおなじ幇間だと小耳に挟んだのですが。その人をご存じではないかと」

「ああ。知っていますよ」

軽く言われたので拍子抜けしたほどだ。

「それはよかった。なんて人ですか」

「宮戸川」

「なんだ、兄弟弟子じゃないですか。兄弟子ですか、弟弟子ですか」

「名はぺー助。併せて宮戸川ぺー助。宮戸川を名乗る幇間はあっしのほかにはいねえんで、兄弟子も弟弟子もいないんですよ」

セツが噴き出した。

「いやですよ、おまえさん。信吾さんをからかったりしちゃ。間の取り方の稽古のつもりではないでしょうね。芸熱心はいいですが、そういうことは引っ張らないで、さっと教えてあげなければいけませんよ」

「まさか。ぺー助さんがお作りに」

「作った訳じゃありませんよ。すでにある物を、遣い廻ししただけだからね」

「すごいですよ。宴席での受けがいいので、いろんな人が競って習っているそうですね」

「武士《りゃんこ》までが目の色を変えているってから、呆れるじゃないですか。上役の気に入られようってのかね」

「少しでも目立ちたいのではないですか。でも、どういうきっかけでぺー助さんが」

「趣味人の寄りあいに呼ばれましてね。そこに原さんて件《くだん》のお侍もいらしたんだが、そのうちの一人が吾妻橋のたもとで捨子を見たらしい。それを題に、競って詩を作ることになったのですが」

「原さんの詩が一番、一等賞に」

「そういうことですよ。しかし詩は絶品だけど暗すぎるし切ないと、悔し紛れにでしょうが二等の人が言ってね。おい、ぺー助。おまえは江戸でも指折りの幇間だろう。おっと」と、ぺー助は手をおおきく左右に振った。「だれかが言ったんですよ。それにしても、自分で口にするとさすがに気恥ずかしいや。そいつ、じゃなかった、そのお方が言いましてね。詩はいいが暗すぎる。これ以上暗いものはない原正弘先生の『棄兒行』を、いくらぺー助でも笑える芸にはできんだろうなって」

売り言葉に買い言葉のようになって、ぺー助も受けざるを得なかったということだ。

「今、この場で、しかも笑いの芸にですか、陰々滅々たるこの詩をねえ」

「できればな。しかしいくら指折りの幇間でも、手に負えんだろう。だがむりすることはない。次の集まりにも呼んでやるから、それに間にあえばかまわないぞ」

「そう言われたらあっしも芸人、尻尾《しっぽ》を巻いて逃げりゃ、今後お客さんが呼んでくれませんからね。ようがす。やりますよ。やらしてもらおうじゃありませんか」

「それでこそ宮戸川ぺー助だ。この場の者を唸らせりゃ、祝儀を弾んで一生贔屓《ひいき》にしてやる」

そんな遣り取りがあったそうだ。

「ね、信吾さん。こうなりゃ、芸人としてあとに退《ひ》けないでしょうが」

「と言って即席じゃ、いくらぺー助さんでも苦労されたのではないですか」

「なに言ってんですか宮戸屋のご長男が。宮戸屋は即席と会席で知られた料理屋でしょう。あっしは幇間の宮戸川ぺー助だ。宮戸屋が即席料理なら、こっちは即席芸ですからね」

と見得を切りはしたが、さすがに冷汗ものだったそうだ。

「それではカラスの行水ほどの、お時間をいただきます。あっしはそう言って屏風の陰に姿を隠しやした。元ネタがあるとはいっても、一席に纏《まと》めなければならないのですから。そりゃ死に物狂いで考えましたよ。客を感心させて一生の贔屓にできるか、ソッポを向かれるかの瀬戸際ですからね」

まさか着物を破く訳にはいかない。継ぎを当てる布《きれ》がなければ、針と糸も、それよりなにより時間がないのだ。ぺー助は着物を裏返して着ると、尻端折《しりっぱしょ》りした。そして髷《まげ》を乱して、乱れた髷が見えるよう手拭で浅めに頬被《ほおかぶ》りしたのである。

座蒲団《ざぶとん》に一升徳利を包むと準備完了。

ぺー助が「棄児行」を吟じながら屛風から姿を現すと、「おッ」と声がした。ぺー助は自ら吟じながら動きを最小限にとどめ、子を捨てねばならぬ男の悲嘆を演じた。

ぺー助は最後の句「残月一聲　杜鵑啼く」を吟じ終えると、捨てた子供、つまり座蒲団の包みを抱きあげた。そして地声にもどると、「いや、こればかりは捨てられぬ」と徳利を取り出して、太い胴に頬擦りしたのである。

ドッと受けると確信していたのに、シーンとしている。恐る恐る面々の顔を見ると、全員に表情がない。しくじったと、全身の血が逆流した。

だれもが無言である。ぺー助はその場に頽《くずお》れそうになった。堪えに堪え、それも限度になってへなへなと膝を突きそうになったとき、拍手が一つ。憐《あわれ》みの慰めだろうと思ったとき、べつの方角からもう一つ鳴った。

まさかと思う間もなく、あとは拍手の嵐となったのである。だれもが先を競って感動したことを述べ、銚子《ちょうし》を突き出して酒を呑むよう強要する。目を腫らした者も何人かいた。

宴席で廻し読みしただけの詩を憶えて見事に吟じ、子を捨てるしかない父の悲哀を演じたのだ。それだけでもすごいのに、物語を逆転させるオチで観る者を驚嘆、爆笑させ、しかもそれを即興でやったのである。

その場の者がこぞってペー助の贔屓となったのも、宜《むべ》なるかなということだ。素人が真似したくなるのも当然かもしれない。

ペー助は珍しく泥酔してしまったが、いつもの五倍以上ものご祝儀を懐にしたのである。その瞬間、「棄兒行」改め「捨子行」はかれの最大の持ちネタとなった。以後はどこに行っても、「捨子行」の声が掛かるそうだ。

「いろんな人が隠し芸として宴席でやっているそうですが、気になりませんか。というより、おれのネタを勝手にやるんじゃねえと、呶鳴《どな》りたくなるのではないですか」

「なに言ってんですか、信吾さん。あっしが作ったと言っても、おおもとは原正弘さんの『棄兒行』じゃないですか。文句を言える訳がないでしょう」

「原さんはなにも言いませんでしたか。わしの詩を勝手に座敷芸なんぞにしおって、無礼討ちにしてくれん。そこへ直れとか」

「あっしもそれが気になって、気を悪くされたんじゃないですかと訊いたんですがね、詩は詩、芸は芸、そう割り切らねば、良きもの新しきものは生まれぬって言われました」

「原さんは器のおおきな人ですね」

「むしろ喜んでくれましたよ。自分の詩が、多くの人に知ってもらえると言って。『棄児行』をあそこまで切なく哀しい詩にまとめたのだから、原さんて人は感じやすいお人なんでしょうね。あっしの寸劇を見て目を腫らしていました。ぺー助、義兄弟になろうと言われたけれど、さすがにお侍さんと芸人だもの。それだけは勘弁してもらいましたが」

「だったらだれがやってもいいのですね」

「くどいですよ、信吾さん」

「猿廻しの猿がやっても」

「今なんと言った、信吾さん」

「いえ、猿廻しの猿が、と。いくらなんでも猿じゃ駄目でしょう」

「そりゃ、なによりの名誉だ」

「名誉ですか。だって猿ですよ」

「なにを言ってんですか、信吾さん。おまえさんがそんなことを気にするとは、思ってもいなかったぜ。原さんでさえああ言ってくれたんだもの、あっしもおなじ気持ですよ」

「ありがとう、ペー助さん。喜びますよ。実は親しくしている猿の三吉が、得意芸としていましてね」

「親しくしている猿の三吉だって」

「あ、まちがえました。猿曳きの誠さんと、猿の三吉が」

帰路、猿屋町代地の十郎兵衛親方の家に寄った信吾は、宮戸川ペー助から了承を得たと誠に伝えた。もっとも誠は問題ないと思って、すでに演じてはいたが。

誠は客に三吉の芸を見せるとき、原正弘とペー助の交流を話すだろう。ペー助は客に呼ばれて芸を披露する際、誠と三吉の名前を出すにちがいない。双方のお客さんが喜んでくれるといいのだが、との思いから信吾は誠に伝えたのであった。

五

翌朝、起き出した信吾は、母屋の伝言箱の下に置かれた物に気付いて驚いた。いや、信じられぬ思いがした。楕円形《だえんけい》をした竹製の浅い編み籠だが、ただの籠ではなかった。

「なんということだ」

籠には柔らかそうな布に包まれた、桃色の頬をした赤子が入れられていたのである。男児のようだが、捨子としか考えられない。一時的にだとしても、朝の早い時刻に大事なわが子を入れた籠を、地面に置く親などあり得ないからだ。

信吾は駆け寄って思わず抱きあげた。

まえの日に痛切極まりない誠と三吉の「捨子行」を、見聞きしたばかりである。「なんということだ」という言葉しか浮かばなかった。

乳の匂いが強いのは、ほしいだけ乳を呑んだからにちがいない。すやすやと安らかに眠っているのもそのためだろう。母親は赤子が満腹するまで、最後の乳を呑ませたのだ。

伝言箱の確認などすっ飛んでしまっていた。信吾はそっと赤子を籠にもどすと、籠ごと持ちあげた。赤子が目を醒まさないように、そろりそろりと歩く。

家に入ると波乃が立っていた。赤子だとわかるなり目を見開き、思わずというふうに掌《てのひら》で口を押さえた。

「捨子だと思う。いや、まちがいない」

波乃は瞬きもせずに赤子を見ていたが、やがて溜息《ためいき》を洩らしでもするように言った。

「なんということでしょう」

信吾とおなじ思いだったのだろう。人は考えもしなかったことに遭遇すると、そうとしか感じないのかもしれない。

「どうしましょう」

波乃は寄り添い、籠の下に手を入れて支える。

「取《と》り敢《あ》えず八畳間に寝かそう。そのままにしておけば、野良犬の群なんかに襲われないともかぎらないから」

「家のまえに捨てられていたのですか」

「伝言箱の下にね。いけない。伝言が入ってないか見て来るよ」

籠を八畳間に置くと、伝言箱に向かいながら信吾は考えた。

なぜ将棋会所でなく母屋を選び、それも伝言箱の下に籠を置いたのか。伝言箱の下に捨てたということは、信吾と波乃が夫婦で相談屋をやっていて、毎日おなじ時刻に信吾が伝言箱を確認するのを知っているからだろう。

捨子のことで頭がいっぱいで、単純な仕組みの鍵がなかなか開けられない。ようやくのこと開けたが、なにも入っていなかった。

信吾が生垣に設けられた柴折戸を押して会所側の庭に入ると、常吉が棒術の攻防の組みあわせ術に励んでいた。

「師匠、おはようございます」

「ああ、おはよう」

護身術を教えているときは師匠で、将棋会所では旦那さまと、常吉は呼び方を使い分けている。

「ちょっと柔術は教えることができなくなったので、今日は棒術の組技を一人で繰り返すように」

「はい。わかりました」

「そのあとも、いつもどおりだ」

　座敷の掃除をして客用の座蒲団と将棋盤を並べ、それがすんだら算盤《そろばん》の練習をするか、往来物《おうらいもの》（往復書簡形式で書かれた一種の教科書）を読むようにと命じたのである。

　沓脱石から座敷にあがると、波乃が捨子を掻巻《かいまき》の衿《えり》が開いた辺りに移していた。綿入れになった掻巻の下半分を裏側へと折り返し、短い筒袖もおなじように折ってあった。厚みのため弾力があり温かそうである。長方形に整えられた掻巻の、開いた衿のあいだに赤子がうまく収まるのだ。

　二人の子供はまだ先の話なので、赤ん坊用の蒲団は用意していないし、座蒲団では中途半端なので掻巻にしたのだろう。

「さて、どうしたものか。相談屋の看板をあげているくらいだからなんとかしてくれるかもしれないと、捨てた親は思ったのかもしれないけれど」

「この子、幸吉《こうきち》をあたしたちで育てましょう」

　思わず波乃の顔を見た。まさかそんなことを言うとは思ってもいなかったが、波乃は真剣そのものだ。しかも子供の名さえも言ったのである。

「コウキチって」

「赤ん坊の名前です。幸いの吉って書いてありました」

波乃は赤子が入れられていた籠から一枚の紙片を取り出して、信吾に手渡した。ほかにはお守りと、産髪《うぶがみ》と臍《へそ》の緒《お》がべつべつの紙に包まれていたが、それぞれに生まれた月日と幸吉の名が記されていた。

そして信吾と波乃に宛てた手紙が入れられていたのである。そこには下手というより、なんとか読めるというだけの、まさにミミズが這《は》ったとしか言いようのない字で、次のように綴られていた。

しんごさま　なみのさま

あらゆるてをつくしはしましたが
どうしようもできなくなりました
おふたりがなさけぶかいかただと
おおくのひとにうかがっています
しにものぐるいではたらきまして
きっとひきとりにまいりますので
それまでどうか **幸吉** のめんどうを

なにとぞみていただきますように
ふかくふかくおねがいいたします
うまれはくがつのここのかでした

拙《つたな》い字なのに、いやそれだからこそ強烈な思いが胸を打った。ようやく書いたとしか思えないが、必死の思いが行一行から胸に響くのである。

「ほかは平仮名なのに、名前の幸吉だけが漢字になっているでしょう。だれかに教えてもらって、幸いとおめでたい字の吉だけはなんとか憶えて書いたのだと思います。幸吉だけがほかの字より太くおおきく書かれていますもの。思いの丈をこめて書いたにちがいないわ。なんとしても幸《さち》と吉に守られ恵まれた生を送ってほしい、との願いが書かせたのでしょうね。その親御さんの気持を思うと、引き取りに来るまでのあいだは、なんとしてもあたしたちで育てなければと思ったの」

「うーん」

「昨日、誠さんと三吉の『捨子行』を観せてもらったでしょう。その明くる日にこの子が捨てられていたということは、なにかの縁《えにし》としかあたしには思えないのです」

「ちょっと待ってくれよ。波乃にはほどなく子供が生まれるんだよ。次第にお腹がおおきくなる。それに生まれたら、いや生まれる前後のかなりのあいだ、少なくとも数日から十日くらいは蒲団から起きられないかもしれない。それなのにこの子と二人を育てるなんて、いくらなんでもむりだよ」

「実家《さと》に帰って産みます。そうすればこの子と生まれてくるあたしたちの子供の面倒は、母や姉が見てくれるでしょう。姉は元太郎ちゃんを育てているから、いっしょに面倒を見てもらおうと思うの」

「実家だからって、甘えて迷惑を掛けてはいけない。しかも、生まれてくる子だけじゃないいんだからね」

「でも母や姉に面倒を見てもらうのは、わずかなあいだですよ。あとはあたしたちで世話しましょう。そりゃなにもわからないのだから、苦労するかもしれないけれど、その苦労はあたしたちの子供が生まれたときに活かせますから」

「捨子はすぐに届けなければならないし、いろいろな決まりがあるはずだから、それに反してはいけない。あとで父か母、祖母に訊いてみるよ。それより常吉がお腹を空かせているから、食事の用意をしなければならないんじゃないか。育てられるものなら育てたくもあるけど、ともかく今すぐに決めないで、十分に話しあわなければ」

「そうですね。大事なことだから、じっくり相談しましょう。いけない、ご飯を炊いていたんだわ」

波乃はあわて気味に勝手へと消えた。

信吾は赤子の頬にそっと指を触れてみた。柔らかくて驚くほど温かい。熱があるのかと思ったほどだが、病気らしい気配は感じられなかった。

信吾は驚いて思わず指を離した。

赤子が笑ったからだが、まさか笑うとは思いもしていなかった。眠っていてはわかると思えないのに、母親が触れたと感じたのだろうか。それにしてもなんと稚《いとけな》い寝顔だろう。

どこの、だれの子とも知れないのに、これほど可愛いのだ。自分の子供が生まれたら、どんな気持になるだろうか。そう思いはしたものの、信吾は実感が湧かなかった。


食事の用意ができたので常吉を呼んで、いつものように三人で食事をした。

信吾は常吉に伝えた。

「今日はこのあとしばらく会所に出られないから、いつものようにやってもらいたい。なにかあれば甚兵衛さんに相談し、それで埒《らち》が明かなければ大黒柱の鈴で報せるように」

「わかりました、旦那さま」

番犬「波の上」の餌が入った皿を持って常吉が会所に帰ると、二人はすぐに八畳間に移った。幸吉はすやすやと眠ったままだ。

起こしてはならないのでささやき声になる。

「よほどの事情があって、どうしようもなく捨てたんでしょうね」

こんなに可愛らしい子供を、捨てなければならないのだ。どうしようもない事情があって当然だろう。でなければ人が自分の子供を捨てる訳がない。

「捨子行、か。一人一人にそれぞれちがった事情があるのだろうな」

「ねえ、信吾さん。だれか見ている人は、いませんでしたか」

捨子に気付き、赤子の入れられた籠を両手で抱えるようにして、家に運びこむまでのことを波乃は言っているのだ。

「見ている人って」と信吾は言ったが、虚を衝《つ》かれた思いがした。「そう言えば、赤ん坊のことしか考えていなかったから、周りを見る余裕なんてなかったなあ。とても冷静でいられなかったが、相談屋のあるじがそんなことじゃ駄目だね」

「捨てた子がどうなるか、親御さんは気が気でないと思うの。だから近くで見ていたはずです、身を隠して」

まさに言うとおりであったが、波乃は信吾の目を見たまま続けた。

「親御さんはさんざん困り、迷った末に、あたしたちに託すしかないと手紙に書いてありました」

親は信吾が伝言箱を、朝の六ツ（六時）前後に調べることも知っているはずである。

波乃が言ったように親はどこかに隠れて、信吾が赤子の入った籠を家に運びこむのを見ていたにちがいない。そして引き取るときには、「あのときの」と言えば、こちらは渡すしかないのだ。

相談屋として多くの人に接してきたことからくる、信吾特有の人の見方によるのかもしれないが、どことなく小狡《こずる》いという気がしてならないのである。事情はわからぬでもないが、あまりにも身勝手だと思う。

「きっとひきとりにまいりますので」と書かれているが、一歳や二歳のうちに来ればともかく、長引くこともあるはずだ。四歳とか五歳になって幸吉がすっかり信吾と波乃に懐き、二人を自分の親と信じて疑わないでいるのに、そこに実の親が現れたらどうなるだろう。なんとしても引き取りたい親と、泣きながら信吾たちにしがみ付いて引き離されるのを拒む幸吉。考えるだけで辛《つら》くなるのに、実際にそうならないとは言えないのである。

また実の親が引き取りに来ないことも、考えられなくはない。初めから引き取る気がないこともあれば、引き取りたくても怪我《けが》をし、病気を患えばできないこともある。また亡くならないともかぎらないからだ。

その場合には、べつの問題が生じることになる。幸吉と生まれ来る子供は、十月《とつき》もちがわない。五、六歳をすぎれば、それを奇妙に思う日がかならずやってくる。弟だと思っていたのにその子は実子で、自分はそうでないとわかったとき、どんな気がするだろうか。

自分の背後には生まれ育った宮戸屋があるが、信吾にはそれを弟正吾に押し付けて飛び出したという引け目があった。となると、これ以上の迷惑は掛けられない。波乃は波乃で江戸でも有数の楽器商が、背景に控えているのだ。姉の花江が滝次郎を婿に迎え、長男元太郎を得たばかりである。

そういう状況にあるのに、自分たちの思いだけを通してすむものか。

さまざまな思いが信吾の心を去来した。自分は一体どうしたのだろう。まるで冷静でいられなくなっている。全体を見詰めて判断をくだし、問題を解決してゆく相談屋のあるじ、信吾はどこへ行ってしまったというのか。

ではあるが、安心し切って安らかに眠る幸吉を見ると、なんとしても自分たちで守ってやりたいと思ってしまうのである。それだけではない。なんとも奇妙なことに、なにも知らずにすやすやと眠りを貪る嬰児を見ていると気持が安らかになるのであった。

こんなに無垢《むく》な、無防備な、脆弱《ぜいじゃく》な命を投げ捨てるようなことは、断じてしてはならないと思う。無意識のうちに、信吾はまたもや幸吉の頰に指を触れていた。柔らかく、そして温かい。あまりにも無力であった。どうしようもなく儚《はかな》いのだ。

赤子を、嬰児を、ただ見ているだけで十分であった。もう、なにもいらないというほどの充足感に充《み》たされたのである。

すやすやと寝息を立てるというか、それさえ感じさせない幸吉の安らかな寝顔を、信吾と波乃は無心に見ていた。

六

幸吉が目を醒ましたようだ。ようだというのは、両手を握ったり開いたりしながら、口をもぐもぐさせ始めたからである。だが目は閉じていた。波乃が呼び掛ける。

「おお、よしよし。お目覚めね、幸吉」

赤子は驚いたような顔になって目を開けると、一切の動きを止めてしまった。そしてじっと波乃を見たのである。いや見えてはいないだろう。

先日、波乃の懐妊の報告に阿部川町の春秋堂に行ったとき、花江が産婆のお伝さんから教わった話を聞いていた。生まれてほどない赤子はまだよくというか、ほとんど見えないとのことであった。すると母親とはちがう波乃の声に、いつもどおりでないことの不安を覚えたのだろうか。

そして、不意にそれは始まった。

顔がくしゃくしゃに歪《ゆが》んだと思うと同時に、幸吉は握った両手の拳を振りながら泣き始めた。口をいっぱいに開いて目を閉じているので、目尻や頬、鼻の下などが皺《しわ》くちゃであった。赤子と言うが、まさに真っ赤である。

なによりも驚かされたのは、ちいさな体からは信じられぬほどの泣き声であった。狼狽した波乃が抱きあげてあやしたが、幸吉は泣き止《や》まない。それどころかますます激しく泣く。波乃はぎこちなく抱きかかえたまま、おろおろしながら幸吉を揺らし始めた。

慣れた母親なら赤子が一番心地よくて楽な抱き方を知っているだろうが、波乃にはそれがわからない。「あたしたちで育てましょう」と言ったが、たちまちにして壁に突き当たってしまった。相当な覚悟がなければ、やれるものではないということだ。

女の波乃が困り果ててしまったほどだから、男の信吾はどうしようもなかった。呆然《ぼうぜん》と赤子をあやす波乃を見ているだけである。

「おや、赤さんですね。それはおめでとうございます。存じておりませんでしたもので」

声に驚いて庭を見やると、甚兵衛が恵比須さまか大黒《だいこく》さまかというほど、顔中をほころばせて笑っていた。赤ん坊に気を取られ、まるで気付きもしなかったのだ。すぐ横に、目を真ん丸にした常吉が突っ立っている。

いつの間にか六ツ半（七時）を廻っていたようだ。ほどなく将棋客たちがやって来る。

となると幸吉には、なんとしても泣き止んでもらわなければならない。これだけ派手に泣けば会所に筒抜けだろう。

甚兵衛が「存じておりませんで」と冗談っぽく言ったのは、波乃と信吾が緊張し切って、困惑の極みにあるのがわかったからにちがいない。それにしても絶妙の合いの手であった。甚兵衛に声を掛けられただけで、信吾は身も心も随分と楽になったのである。

その間も、ずっと幸吉は泣き続けていた。ちいさな体でよくも疲れないものだと、感心するしかない。

「母屋の伝言箱の下に捨てられていまして」

「お腹が空いたようですね。お乳をあげなくてはなりませんが」

甚兵衛はそう言って笑い掛けたが、波乃は信吾ほど緊張が解けていないようで、顔を赤くして言った。

「あ、あたし出ませんよ、お乳なんて」

「そうでしたね。もっとも、出たら出たでおおごとですが」

笑わせようとしたのだろうが、波乃は笑うどころではない。その間も甚兵衛は考えを巡らせていたようであった。

「これからのことはともかくとして、この場をなんとかしなければなりませんね。では波乃さん、てまえといっしょにお乳をもらいに行きましょうか」

「お乳をもらいに、ですか」

波乃は一瞬、言われた意味がわからなかったようである。

「心当たりがない訳でもありませんので。ともかくこのままにはしておけないでしょう。さて、居てくれるといいのですが」

甚兵衛に言われて、波乃はすぐに納得したらしくうなずいた。

「あの、わたしも行ったほうが」

信吾が訊くと甚兵衛は首を振った。

「母屋が留守で、将棋会所が小僧さんだけという訳にはいきませんから、席亭さんはお残りください」

言われてみればもっともである。信吾は幸吉を抱いた波乃を甚兵衛に任せ、自分は残ることにした。考えるまでもないが、付いて行ったところで信吾はなにもできる訳がない。

「常吉。そろそろお客さんのお見えになる時刻だから。会所のほうを頼みます。甚兵衛さんはお出かけだから」

「へーい」

返辞をすると、常吉は柴折戸を押して将棋会所にもどった。

「それでは甚兵衛さん、どうかよろしくお願いします」

気のせいかもしれないが、幸吉の泣き声がちいさくなったように感じられるのは、泣き疲れたためかもしれなかった。

甚兵衛が柴折戸に向かわず母屋の建物の横を廻ったのは、まだあまり来ているとは思えないが、会所の将棋客に赤子を抱いた波乃を見せないほうがいいと思ったからだろう。幸吉の泣き声が次第に聞こえなくなってゆく。

なんとなく落ち着かず、信吾は将棋会所に出る気がしなかった。対局希望者が来れば常吉が大黒柱の鈴で報せるので、しばらくぼんやりしていることにした。

信吾は八畳間の真ん中で大の字になって、天井を見あげた。それにしても妙な気分であった。ほとんど間を置かず、作り事と現実が連続して起きたのだから。

まず、誠の詩吟と三吉の芝居掛かった所作で、原正弘の「棄兒行」を元にした「捨子行」を観聞きした。すると翌朝にはそれをなぞったがごとく、伝言箱の下に籠に入れられて赤子が捨てられていたのだ。

赤子の名は、幸と吉から付けた幸吉。

しかも捨てた親は信吾と波乃宛に、「きっとひきとりにまいりますので」それまでなにとぞ面倒を見てくれと書いた手紙を入れてあった。

予想もしていなかったのは、身籠って間もない波乃が、これもなにかの縁だから自分たちで幸吉を育てようと言い出したことだ。でありながら、乳を呑みたくて泣き出した幸吉をまえに、波乃はおろおろするばかりでなにもできなかった。

気を利かせた甚兵衛が、心当たりに頼んで乳を呑ませてもらうため波乃を連れて行ったのだ。明日から、いやこのあと果たしてやっていけるかどうか。

ああでもないこうでもないと思っているうちに、疲れのせいか信吾は眠ってしまった。


「どうやらお休みのようですね」

甚兵衛の声で目が醒めたが、幸吉の泣き声は聞こえなかった。

信吾はゆっくりと上体を起こした。波乃と甚兵衛は将棋会所のほうから、柴折戸を押して母屋側の庭に移ったところであった。波乃の胸には幸吉が抱かれている。甚兵衛はおおきな風呂敷包みを提げていた。

会所の庭を通ったということは、甚兵衛がこれからは赤子を抱いている波乃を、将棋客に見られてもいいと判断したことになる。

「お目覚めですか、席亭さん」

「甚兵衛さん、本当にお世話になりました」

「赤ちゃんには一刻半（三時間）か二刻（四時間）おきに、お乳をあげなくてはいけないんですって」

言いながら波乃は、搔巻を使った臨時の赤ん坊用寝床に幸吉を寝かせた。

「あ、すみません」

　甚兵衛からかなりおおきな風呂敷包みを受け取りながら、波乃がそう言った。信吾が怪訝《けげん》な顔をすると、出掛けるときと別人のような余裕を持って波乃は笑い掛けた。

「襁褓《むつき》です。オムツよ。こんなにたくさんいただいたの」

　乳を呑むとオシッコが出る。そんな当然のことにさえ信吾は気付かなかったのである。腹いっぱいにお乳を吸ったからだろう、幸吉は安らかに眠っている。

　それにしても先刻のような泣き声を聞かされると周りの者、特に家族はたいへんだなと思う。それ以上にたいへんなのが母親だ。一刻半か二刻おきということは夜昼に関係なく、時間になれば乳を与えなくてはならないということである。

　信吾は「子を持って知る親の恩」との諺を、思い出さずにいられなかった。幸吉とは一刻もいっしょに居なかったのに、ぐったりするほど疲れてしまったのだ。とすると両親は、これに勝る何倍何十倍何百倍、いや何千倍何万倍もの苦労をして、信吾と正吾を育ててくれたことになる。もしも幸吉を引き取れば、波乃に子供が生まれたとき、ちゃんとやっていけるだろうかと不安になった。

「それにしても運がよかったですよ、席亭さんに波乃さん」

　言われて波乃はうなずいたが、信吾は訳がわからない。こういうことであった。

　信吾たちの住まいする黒船町の南隣に三好町《みよしちょう》がある。町の南端の河岸は御厩《おんまや》の渡し場となり、大川の東岸の本所《ほんじょ》と結んでいた。旗本や御家人など武士は無料だが、町人も二文出せば乗せてもらえた。

その三好町の大工に甚兵衛の見世で奉公していた女性が嫁いでいたが、生まれた男児を十日で亡くしたばかりであった。だからもしかすると貰《もら》い乳《ぢ》ができるのではないかと、甚兵衛は考えたらしい。大工の女房の名はムメで二十三歳とのことだ。

甚兵衛は直接ムメの長屋には向かわず、まず地元の人が蔵前《くらまえ》通りと呼ぶ日光《にっこう》街道へ出た。往来する旅人のためにさまざまな見世が出ているが、菓子屋で手土産を買うためである。

向かいながら甚兵衛が波乃に語ったところによると、ムメの亭主は二十八歳になるが腕がいい大工とのことだ。住まいは長屋でも棟割りではなく、八畳、六畳、四畳半と三部屋あるのは年齢にしては給銀がいいからだろう。

ムメは女としては大柄な波乃の五尺二寸（一五七センチメートル強）と変わらぬ背丈があったが、ずっと肉付きがいい。しかも着物の上からもわかるほど胸がおおきかった。

挨拶が終わって手土産を渡すと、甚兵衛は直ちに要件を切り出した。そのときには泣き疲れたのか、波乃に抱かれた幸吉は泣き止んでいた。ときどきヒックヒックとしゃくりあげている。

黙って甚兵衛の話を聞いていたムメは、聞き終わるなり波乃に笑い掛けようとした。

しかし子供を亡くしたばかりということもあってだろうが、むりな笑いは弱々しいものであった。

「よござんすよ。そういうことでしたら喜んで」と言ってから、ムメは幸吉を見た。

「どうやらお腹を空かして泣き疲れたようだから、だったらこっちに」

幸吉を受け取るなりムメは、「ああ、やっちゃってるね」と言って波乃にもどした。

「ちょっと待っとくれ」

部屋を出たムメは、すぐに風呂敷包みを手にもどった。包みを解いて折り畳んだ布を出したので、波乃はようやく襁褓だとわかったのである。

「随分と泣いたんじゃないかい」

「え、ええ」

そこに到《いた》って波乃は、幸吉が泣いたのが空腹だけでなく、襁褓がすっかり濡れて気持悪いためもあったからだと気付いた。

「まあ、こんなちっちゃい時分から、立派な物《もん》を持ってからに。おおきくなって、女を泣かせんじゃないよ」

新しい襁褓に取り換えるとき、幸吉のおちんちんがむき出しになったので、ムメはそう言ったのだ。波乃一人が赤面した。

幸吉を抱きあげるなりムメは胸元をはだけたが、波乃は乳房が飛び出したかと思った。

弾《はじ》けるようにむき出しになった乳房は、おおきなだけでなく膨れあがっていた。いや膨れるというより、はち切れんばかりに腫れていると言ったほうがいい。

乳房には青い色をした血の管が、網の目のように一面に透けて見えた。乳首は桃色をしていたが、波乃のように明るくはなく色がずっと濃かった。

ムメが左手でお尻を右手で頭の後部を支えるようにして、幸吉の口を右の乳首に近付けた。すると幸吉はむしゃぶりついて、紅葉のような左右の手で乳房を揉みしだくようにしながら、ただひたすら吸い続けたのである。

そんな幸吉を見る目が物悲しそうに感じられた。ムメは瞬きもせずに乳を吸う幸吉を見ていたが、やがて顔をあげぬまま、どちらにともなく言った。

「正直なところ助かったと言う気持なんですよ、乳が張って痛くてたまんなくて。今もね、搾ろうと思っていたところ。自分で搾るより、このほうがずっといい。日に何度かは搾り出さにゃならなかったけど、まともなら……」

その先を続けられなかったのは、こみあげるものがあったのかもしれない。

「よかったわ。お乳を捨てなくていいんだもの。あたしん家《ち》の三好町と、えっと」

「申し遅れましたが、黒船町の波乃と申します」

名前を聞いてムメは、波乃が何者かわかったらしい。亭主が相談屋と将棋会所をやっている変わり者で、その女房となれば近所で噂《うわさ》になったことは十分考えられる。

「波乃さんの黒船町とは隣りあっているので、歩いたって何百歩という近さでしょう。もしお邪魔じゃなかったら、日に何度かは出向いて赤ちゃんに呑ませてあげられるけど」

「邪魔だなんて。でも、それでは申し訳が」

「ううん、いいの。丼鉢とか小鍋に搾ったものを入れて持って行ったら、却《かえ》って波乃さんがたいへんだから」

なにがたいへんなのかわからないので、波乃はわずかに首を傾《かし》げた。

「赤ん坊はね、母親の乳首にしゃぶり付いて吸うようにできているの。丼なんかに入れた乳を、大人のようには呑めないのよ。お腹を空かして泣いている赤ん坊に、波乃さんならどうして丼の乳を呑ませるの」

試されているのがわかっているだけに、波乃は緊張せざるを得なかった。

七

懸命に考えたがわからない。

あるいはと思ったのは、まだ幼くて微温湯《ぬるまゆ》に溶いた薬をうまく呑めなかったときに、母のヨネがむりなく呑ませた方法である。ほかにもいろいろあるのかもしれないが、波乃はそれしか思い付かなかった。

「なるべく細いお箸の先に真綿を多めに巻き付けて糸で縛り、抜けたり外れたりしないようにします。それを丼のお乳に浸けてから、赤ん坊の口に持って行くというのでは駄目でしょうか」

ちらりと横目で見ると、甚兵衛はおもしろくてならないという顔をして、波乃とムメの遣り取りを見ていた。

「ほかにもあれこれあるだろうけど、案外いい方法かもしれないわね。波乃さん」

「はい」

「ご亭主と相談屋をやっているんだって」

「ええ。ただ、あたしは女の人と子供相手の相談事が多いですけど」

「急に言われてもさっと思い付くんだから、さすが相談屋さんだけのことはあるわね。ただそのやり方だと、根気よくやらなきゃ」

子供を育てたことのない波乃には、ムメの言ったことがよくわからなかった。

「赤ん坊はものすごい勢いで乳を吸うの。だからお箸に巻いた真綿の乳を吸わせるとなると、ひっきりなしに浸けては吸わせせを繰り返さなきゃならないわよ。母親ならできるでしょうけど、波乃さんは……」

「はい。でも、できます。やります」

「それにしてもよく、捨子の面倒を見ようなんて思うわね」

「家のまえに捨てられ、なにとぞお願いしますと、あたしと主人宛の手紙が入っていましたから」

目を丸くしてじっと波乃を見ていたが、苦笑しながらムメは言った。

「お馬鹿さん」

そう言われても少しも腹が立たずに波乃が笑えたのは、「おばーかさん」とゆっくり伸ばしながら言ったので、ムメが自分を認めてくれた気がしたからだ。

「かもしれません。自分でもそう思います」

ムメはおかしくてならないという顔になった。

「波乃、ご覧よ。この子を」

ムメが「さん付け」でなく単に波乃と呼んでくれたので、二人の距離がぐっと縮まった気がした。

「幸吉ですよ。赤ん坊でまだなにもわからないでしょうけど、ちゃんと名前で呼んでくださいムメさん」

ムメは無言のまま、右の乳首を吸っていた幸吉を引き離した。波乃は驚いたが、ムメはすぐに左の乳首に幸吉の口を持っていった。幸吉はすぐさま吸い付いた。

「片方ばかりで吞ませると、もう一方の乳の出が悪くなるんだよ。だからお腹がいっぱいになるまえに、移すのさ。憶えておきな」

波乃にすれば驚かされることばかりだ。

「お願いしますって手紙が入っていただけで、捨子を育てようってお人好《よ》しがいるんだからね」と言って、ムメは無心に乳を吸うその捨子を見た。「幸吉があたしの乳を吸う。ひたすら吸う。あたしたちが世のもやもや、しがらみなぞにあたふたしていても、乳を吸うことだけがすべてなんだもの。だったら、それを守ってやんなきゃならないよね。でしょ、波乃」

「そうですね、ムメさん」

「ムメさんじゃないよ、波乃。あたしが波乃と呼んだら、あんたはムメと呼ばなきゃ駄目じゃない」

「そうですね、ムメ……さん」

突然、ムメが笑い出した。幸吉がびっくりして呑むのをやめたほどだ。ムメの笑いは普通ではなく、箍が外れたときの波乃の馬鹿笑いと、まさに同質の笑いである。そして笑い終わったムメは甚兵衛に言った。

「あたし笑っちゃった。笑ったのよ、甚兵衛さん」と言ったムメの目は、涙で潤んでいた。「子供が死んでから、笑ったことなんてなかった。笑えなかった。苦笑いさえできなかった。それなのに笑った。娘時分のような馬鹿笑いをね。この人のお蔭《かげ》よ。ムメと言おうとしても言えずさんを付けるんだもんね。でも、春秋堂のお嬢さんだから仕方ないか」

「ごめんなさいね、ムメさん」

「謝ることないんだよ。ムメさんでいいよ。だけどあたしゃ、呼び捨てにするからね」

「はい。そうしてください」

波乃がにこにこ顔になると、ムメはしばらく思案していたが、やがて言った。

「いいわ。あたしも波乃さんって呼ぶことにする。だって春秋堂のお嬢さんがあたしをさん付けで呼ぶのに、大工の嫁のあたしが呼び捨てにしたら、ほれ。甚兵衛さん、なんてったっけね。眉をひそめることを、なんとかを買うって言うんでしょ」

「顰蹙《ひんしゅく》ですかね」

「そう、それそれ。世間からヒンシュクを買うものね。えらそうに威張っているって」

「ではムメさん、そういうことにしていただけますか」と甚兵衛が、そろそろ話に切りを付けたいというふうに言った。「お乳のあげかたは何度か行き来してやっているうちに、一番いい方法が見付かるでしょう。それから、こんなことを言ったらムメさんは怒るかもしれないけれど、お礼のことだがね」

「怒るよ、本当に。いくら甚兵衛さんでも」

ムメが言下に打ち消したのは、言われるかもしれないと予想していたからだろうか。

「ですけど、日に何度もいただくことになるのですから、そのままでは」

波乃の言葉に甚兵衛はおおきくうなずいた。だがムメは首を振った。

「いいかい、お二人さん。あたしは乳をあげるんだよ。乳は物じゃなくて、あたしの気持なんだ。心なんだ。それにあたしは乳が張って痛い思いをしないですむし、捨てなくていいし、しかも人の役に立つんだからね」

「ムメさんの言うことは、わからないでもないですがね」

「わかってないじゃないの甚兵衛さん。頑固な女だと思われるのも癪《しゃく》だから、仕方ないからあたしの正直な気持を話すことにするよ」

そう言ってムメが自分の胸に目をやると、吸いたいだけ吸って満腹したのか、幸吉はいつの間にか眠っていた。乳首を口に含んだまま、「盗《と》られてなるものか」とでも言いたげに、ちいさな手で左右から乳を押さえている。

「幸吉に乳を吸わせながら、あたしは気付いたんですよ」と、そう言ってムメは甚兵衛と波乃を見た。「これは死んだ子への供養なんだって。捨てられてお腹を空かせている幸吉に乳をあげれば、それが死んだ子の供養になって、次は元気な子を授かることができるかもしれないって気がするんですよ」

「できますとも」と甚兵衛が、請けあったように力強く言った。「きっと次は、元気なお子を授かることができますよ。できない訳がありません」

「ありがとう。わかってもらえてうれしいわ。だから、今後一切お礼のことは言わないで」

「そうですか。そうですね。両方がいいのだから。ムメさんは乳が張って痛くならないし、供養にもなる。波乃さんは幸吉のお乳の心配をしなくてすみます」

「あら、波乃、じゃなかった。波乃さんが涙ぐんでる。案外と涙脆《なみだもろ》いんだ、この人」

波乃はムメの話を聞いているうちに堪え切れずに、手巾で目を押さえていた。しかも先刻の幸吉ではないが、繰り返ししゃくりあげていたのである。

「波乃さんてこんなに泣き虫、じゃなかった、涙脆かったのかい、甚兵衛さん」

「泣いているところはついぞ見たことがありませんが、人を笑わせて、ご自分もよく笑っておいでですけど」

「笑いたいときに笑って、泣きたいときに泣く。すなおで正直なんだね」

「子供っぽいのだと思います、あたし」

「一番大事なんだよ、それが」

「お二人に喜んでもらえて本当によかった。では、そういうことでよろしくお願いしますよ、ムメさんに波乃さん」

昼間はムメが乳をやりに来るが、幸吉を抱いて波乃がもらいに行くこともある。だから甚兵衛は幸吉を抱いた波乃を、会所の庭を通って柴折戸から母屋の庭に入らせたのだ。

ムメと波乃が行き来すれば、捨子のことはすぐにわかってしまう。変な噂になるまえに、甚兵衛が将棋客たちにそれとなく話してくれるのではないだろうか。

夜中から朝にかけての乳は、傷まないように口のちいさい徳利に入れてくれることになった。暗くなってからは、駄賃をやって常吉に取りに行かせればいいだろう。

波乃に幸吉を渡しながらムメが訊いた。

「ところで波乃さんはいくつなんだい」

「はい。十九になりました」

「ああ、よかった。あたし末っ子で二十三なの。上は兄に姉だから、妹がほしかったんだ。今からあたしが姉で、波乃さんは妹だからね」

有無を言わせぬ迫力に、波乃は思わずうなずいていた。

「はい、ムメお姉さま」

「お姉さまじゃ、くすぐったくてならないじゃないか。姉さんで、おなんか付けるんじゃないよ」

「わかりました。ムメ姉さん」

「それから、これは持って行きな。すぐに使うんだから」

襁褓の包みをもらうことになったが、となればお礼をと思わずにいられない。

「ということで席亭さん、波乃さんには思いがけず姉さんができてしまいました」

「実の姉の花江さんと、義理の姉のムメさんか。そう言えば、相談に乗って悩みをなくしてあげたとき、妹もできたんだよね」

花江と波乃の二人姉妹になぜ妹が、との理由はこういうことだ。

波乃がある商家の一人娘の相談を解決したとき、姉さんになってほしいと言われたのである。相手は本石町《ほんごくちょう》二丁目で絹や木綿、麻などの各種の糸だけでなく、組紐《くみひも》や刀の下緒《さげお》なども扱っている糸物問屋の娘であった。母親が高齢での出産だったので次の子は望めないこともあり、糸屋の一人娘だから糸と名付けられたと言っていた。悩みを解決してもらった糸は波乃を姉と慕ったのである。

それ以来、糸は下女を供に話すのを楽しみにやって来るし、波乃も糸や組紐などはその見世で買うようにしていた。

「それはともかく、席亭さん」

「はい、なんでしょう。甚兵衛さん」

「幸吉をお二人で育てたい。つまり養子にしたいとのことですが」

「波乃が是非にと言いまして。てまえもそれがいいかな、と」

「そのまえに自身番に届けて、手続きをしなければならないのですよ」

「すぐに届けなければならないことは波乃にも話しましたが、どうやるかが」

ならない。

甚兵衛によるとこういうことのようだ。

各町にある自身番屋は、町奉行所の出先になっている。まず捨子の発見者名、捨てられていた所と年月日に時刻、そのときの状況など、できるかぎり詳しく届け出なければならない。

子供のいない夫婦や、いてもほしいという場合、手続きをして養子縁組を結ぶ。また事情が変わって、捨てた本人が引き取りたいと言って来ることもあった。そのときも、まちがいがないかどうか確認する必要がある。

守り刀や添えられた手紙、名前、生年月日を記したもの、お守り、臍の緒、産髪、白雪糕《はくせっこう》などが入れられていたら、それらを含めすべてを届け出なければならなかった。白雪糕が入れられていることは多い。精白した粳米粉《うるちまいこ》と糯米粉《もちごめこ》に、白砂糖《しろざとう》や蓮《はす》の実の粉末を混ぜて蒸したものを練り、型に入れて干したものだ。砕いて湯に溶かし母乳の代用としていた。

また身長と体重だけでなく、黒子《ほくろ》や痣《あざ》、傷などの体の目立つ特徴も記録しておく。

「養子にしたいという届けがいくつも出ていたら、先着順になるのですか」

「幾組もの希望があれば、厳密に調べて一番ふさわしい夫婦の養子にするそうです。実は養育費目当ての養子希望もありましてね」

「養育費目当て、ですって」

「はい、捨子が七歳になるまで毎年、産養《うぶやしない》米《まい》三俵が与えられましてね。ひどい場合はそれを金に換えた上に子供を捨てることもあって、そんな場合は獄門か磔《はりつけ》にされます。だから詳しく調べるのでしょう。席亭さんの場合は捨子の発見者であり、養子にしたいと望んでおられる。ご夫婦で『めおと相談屋』を営み、ご主人は将棋会所『駒形』の席亭でもある。ご実家が老舗料理屋『宮戸屋』と、おなじく老舗楽器商『春秋堂』となれば問題はないでしょう。ただね」

「はい、なんでしょう」

「このことはお二人と幸吉だけの問題ではありません。取り急ぎ捨子があったことを届け、養子にするに当たっては、親御さんとよく話しあわれたほうがいいと思うのですが」

信吾と甚兵衛はその足で日光街道に出、二町（約二二〇メートル）ほど南の、正覚寺《しょうがくじ》門前町《もんぜんちょう》との境にある自身番屋の町役人に捨子の届け出をした。

八

翌朝。

大黒柱の鈴で波乃から来客ありの合図があったので、信吾が母屋にもどると、待っていたのは蟻坂吉兵衛《ありさかきちべえ》であった。ある大名家の江戸留守居役だが、宮戸屋での留守居役たちの集まりに信吾は呼ばれたことがあった。瓦版で取りあげられたとき、どんな若僧かとの興味から声が掛かったらしい。

後日、信吾は蟻坂に料亭に呼ばれた。江戸留守居役は五十代、六十代、七十代がほとんどで、四十代でも若手であったが、蟻坂は三十をすぎたばかりである。同役の父親が急死したため、留守居役見習いであった吉兵衛が後任とされたのであった。

七つの大藩の江戸留守居役たちが集まって親睦の会を設けているが、その実、情報交換の場であった。会合は名の知られた料理屋だけでなく、意表を衝いた所でおこなわれることもあって、留守居役たちは渾名《あだな》、号などで呼びあっている。なにかの偶然で、外部に秘密ごとが露見するのを避けての慎重な配慮であった。

ちなみに蟻坂の渾名は「若干」で、これはかれの口癖に由来していた。

老人ばかりの中にいて息詰まるような思いをしていた吉兵衛は、集まりに呼んだ信吾に魅力を感じて、若い二人だけで談笑しようと思ったとのことだ。信吾と意気投合したこともあって、本名を教えてくれたのである。

その後もときどき会っていたし、互いがわからぬことを教えあったりもしていた。

蟻坂の従者の若党と中間《ちゅうげん》は六畳間に控えている。朝の五ツという時刻に吉兵衛が来るということは、よほど緊急のことにちがいない。

「実は信吾に力を貸してもらいたくて、やって来たのだが」

挨拶をすませるなり、吉兵衛はそう言って軽くではあるが信吾に頭をさげた。

「およしください、蟻坂さま。お侍さまが町人に頭をさげるなど、なさることではございません。てまえにできることでしたら、なんでもいたしますので」

大名家の江戸留守居役は重職である。頭をさげられて信吾は困惑してしまった。

「わしらの集まりでは長月会《ながつきかい》をやっておってな、今回わしが幹事に指名されたのだ」

蟻坂によるとこういうことである。

長月会は名称からもわかるように、毎年九月におこなわれている。江戸留守居役でなければという会をやろう、との発案で始まった。

江戸留守居役は国元だけでなく、江戸詰めの藩士からも厳しい目を向けられている。老舗の料亭などでの打ちあわせが多く、当然だが宴会となるので、藩費を浪費する金喰い虫と批判の的になっていた。

重職同士の親睦ではあるが、情報交換が目的となればそれなりの場でなければならない。二流の料亭などで会合を持って、それが知られた場合には藩そのものを低く見られるとの見栄もある。

「どうせ白い目で見られている江戸留守居役であれば居直って、それを徹底的に推し進めた会にしよう。ご同役の度肝を抜く趣向を凝らした妙案で、驚かせることを念頭に置き、各々《おのおの》を楽しませようではないか、というのが長月会の主旨なのだ」

蟻坂は幹事に指名され、頭を抱えているという次第であった。

「知恵を絞ったが、若輩者のわしに良き案があろうはずがない。しかも日が迫っておる」

「いつでございますか」

「二十五日。つまり十日後だ」

「時刻は」

「暮れ六ツから一刻半ほど」

「場所と申しますか、会場は」

「百川楼《ももかわろう》だ」

日本橋《にほんばし》浮世小路《うきよしょうじ》に見世を構える、超一流の料理屋である。

そのとき天啓のように閃《ひらめ》いたことがあるが、成就できないだろうとの思いのほうが強かった。だがもしも信吾の考えどおりになれば、留守居役たちを満足させて、蟻坂は面目《めんぼく》を施すこととまちがいないとの自信はある。

「うまくいけばとの条件が付きますが、一つ思い付いたことがございます」

「相当に困難ということか」

「はい、微妙な問題が絡みあっておりますので」

「時間をくれと申すのだな。いかほどだ。一日か、二日か」

気が急《せ》いているのだろうが、どうにもせっかちである。それだけ重圧に苦しんでいるということだろう。

「少々お待ちいただけませんか」

懸命に考えた。相手が単独であれば、説得できればあとはなんとかなる。だが単独でないだけに微妙であった。一つがうまくいったとしても、もう一つがどうにもならなければお手上げである。

「三日いただきたいのです。ただし保証はできかねます。なにしろ難問が多い上に一筋縄ではゆきませんもので」

「わかった。三日後のこの時刻にまいる。今となっては信吾だけが頼りなのだ」

「お待ちください。三日いただきたいと申したのは、三日は必要ということです。できれば四日目のこの時刻に。お急ぎでしょうが、せめて三日後の夕刻以降でないと」

「わかった。これは相談ゆえ相談料は払う」

蟻坂が立ちあがったとき襖を開けて、湯呑《ゆのみ》茶碗を載せた盆を持った波乃が姿を見せた。

「すまぬ、波乃どの。直ちに藩邸にもどらねばならぬのでな。申し訳ないが、これにてごめん」

呆気《あっけ》に取られた波乃を残して、蟻坂と従者たちはあわただしく帰って行った。口癖の

「若干」が一度も出なかったことからしても、まるで余裕がなかったということだ。

それにしてもこんなこともあるのだな、と信吾は驚かざるを得なかった。

誠と三吉がやって来て、原正弘の「棄児行」を幇間が座敷芸にした「捨子行」を、信吾と波乃に見せてくれた。座敷芸にしたのが幇間だというので、なにか知っているかもしれないと思って信吾は宮戸川ぺー助を訪れたのである。すると「捨子行」に作り直したのが、当のぺー助だとわかったのだ。

翌朝、楕円形の籠に入れられた赤子が、伝言箱の下に捨てられていた。入れられていた紙片によると名は幸吉である。甚兵衛の尽力で隣町の三好町に住むムメから、信吾たちは幸吉の貰い乳ができることになった。

信吾は甚兵衛に付き添われて、自身番屋の町役人に捨子の届け出をした。

さらにその翌朝、蟻坂吉兵衛から相談を受けたとき、信吾の頭にはすでに案があった。「捨子行」である。それも誠と三吉、宮戸川ぺー助の二組の競演をおなじ座敷で見せられないか、というものであった。

蟻坂が話した長月会の江戸留守居役たちは目が肥えているので、どちらか片方ではありきたりすぎて満足しないだろう。

それは信吾のねらいが実ってのことだが、そのためには確認しなければならないことがある。ぺー助だけでなく誠と三吉も多忙なはずで、二十五日の夜が空いているかどうかだ。蟻坂は六ツから一刻半と言ったが、それは飲食しながら芸を楽しむ時間で、実際にはその倍は見ておかねばならないだろう。

座敷の予定が入っているだけで駄目だし、どちらかが首を横に振れば実現しない。その場合の解決策があるかどうかだ。しかしここまで来れば、「当たって砕けろ」しかないではないか。

さてどうすれば、蟻坂の期待に応えられるだろうか。

「どうなさったの、波の上が欠伸《あくび》をしそこなったような顔ですよ」

番犬「波の上」が欠伸をしているところは、何度も見たことがある。しかし「しそこなった」となると、信吾が意気込みすぎていることに気付いての、波乃流の「解《ほぐ》し」にちがいない。

「どんな顔だよ」

と言いながらも、信吾はどことなくホッとした。心身の強張《こわば》りが抜け、肩の荷がおりたような気がする。

いずれにしてもやるしかない。自分の誠意や熱意が相手に受け止めてもらえれば、絶対にうまくいくはずであった。

そう願うしかなかったのだ。物事は良いほう良いほうへと考えを進めれば良くなるし、悪いほう悪いほうへと考え、諦めるとかならず悪くなる。

そうなのだ。そう思いたかった。

九

せっかく訪れてもいるとはかぎらないが、運を天に任せるしかない。信吾は甚兵衛と常吉に午前中にはもどれないかもしれないと断り、その足で浅草花川戸町の宮戸川ペー助の家に向かった。誠よりペー助のほうが、説得し辛いだろうと考えたからだ。

「将を射んと欲すれば先《ま》ず馬を射よ」との諺もあるので、ペー助の女房セツと娘スズの好物を用意した。

馬はそれでなんとかなるだろう。問題は将だが、信吾は東仲町の宮戸屋に寄って、母に極上の下り酒を一升徳利に詰めてもらった。ただ売れっ子の幇間だけに予定が入っているはずで、その場合、いかに説得できるかが問題であった。

「おはようございます。信吾でございます」

声を落として挨拶すると、挨拶を返してからセツが言った。

「信吾さんがこの時刻にということは、急ぎの用ですね」

頭が良くて勘も鋭いセツが声を落として言ったので、ペー助がいることがわかった。どうやらまだ寝ているようだ。

「お休みでしたら、お起きになられるまで待たせてもらいます」

招き入れられた信吾が用意した土産品を渡すと、二人はとても喜んでくれた。ペー助が寝ているからだろう、スズは三味線や算盤の稽古でなく、静かに字を書く練習をしていた。墨の爽やかな匂いが漂っている。

待っているあいだ、訪問の意図についてセツに簡単に説明した。信吾は核心には触れないように注意しながら、大名家の江戸留守居役の長月会について話したのだ。

すると襖が開けられたのである。

「おはようございます、信吾さん。お天道《てんとう》さまはすっかり上っていますので、おはようございますはありませんね」と挨拶してから、ペー助は女房を形だけ叱る。「セツ。ほかの方ならともかく、信吾さんがお見えなら、起こさなきゃ駄目じゃないか」

さすが芸人で、客を重く見ていることが伝わり、しかも言ったことにむだがない。

「ごめんなさいね。昨夜《ゆうべ》が遅かったものですから、つい。あ、それからお酒を一升いただきました」

「いつもすまないですねえ」

ペー助は長火鉢のまえにゆっくりと坐ったが、早い時刻に信吾が来たのでなにかを感じたからか、着替えはすませはしたものの洗顔はまだのようだし、髭《ひげ》も伸びたままだ。前日の酒かそれとも疲れからか、顔全体が弛緩《しかん》して締まりなく見えた。

「それからスズとあたしにまで」

「気を遣わないでくださいよ、信吾さん」

「ぺー助さんはとっくにお見通しでしょうが、下心がありましてね」

「怖いねえ。セツもスズも、頂いた物に手を付けるんじゃねえぞ」

大袈裟《おおげさ》に言ったが、どんなことでも笑いに繋《つな》げようとするところがいかにも芸人である。

「さて本題に入りましょう」と、信吾は姿勢を正した。「十日後の二十五日ですが、なにか予定は入っておりますでしょうか」

ぺー助が空《くう》に目をやったのは、頭の中の暦を繰っているのだろう。一度でなく何度か繰り返して瞬きをした。

「やはり入っていましたか。売れっ子のぺー助さんだもの、むりはありませんが」

「時刻は」

昼か夜かによっては、掛け持ち出演できるかもしれないということだろうか。

「暮六ツから一刻半ほどですが」

またしても瞬きの連続ということは、昼は空いていたが夜は埋まってしまっているということのようだ。

「どこですか」

「予定が入っているのだから仕方ないですが、百川楼です」

ぺー助が唸り声をあげたのは、百川楼なら客も一流だとわかるからだろう。それだけではなかった。ぺー助にとって特別な場所だと、本人から聞いたことがあったからだ。人気に溺れた訳ではないが、ぺー助は贔屓にしてくれている客の宴席で、とんでもない失敗《しくじり》をしてしまったのである。以後、だれもぺー助を呼ばなくなった。声の掛からない芸人ほど惨めなものはない。二人が食べてゆくくらい、あたしが働いてなんとかしますとセツは言ったが、芸人にとってはそれではすまないのである。

そんなある日、百川楼から使いが来た。「今宵《こよい》、七ツ半（五時）に是非お越しいただきたいとのことです」と、それしか言わない。どこのだれに呼ばれたのかわからず、質《たち》の悪い悪戯《いたずら》かもしれないと思ったほどだ。

その懸念はなくもなかったが、一か八か出掛けた。

言われた座敷に案内されると五人の男が談笑していた。ぺー助を呼んだのは、日本橋室町《むろまち》の塗物問屋「恵比寿《えびす》屋」の大旦那、多左衛門《たざえもん》であった。一刻者《いっこくもの》としても知られていたこの男は、満座で罵倒された幇間を見ようと、それだけの理由で呼んだのかもしれなかった。

ところがぺー助は、すっかり神妙になっていた。声が掛からなくなって初めて、自分が幇間の分を弁《わきま》えていなかったことを、思い知らされたのである。そして師匠の言葉を思い出していた。

「旦那衆は幇間に、おもしろおかしい話を期待しているのではない。幇間の仕事は旦那の話を聞いてあげることだ。訊かれたので仕方なく話すというふうに仕向けて、旦那の話を引き出すのが幇間の仕事なのだ。そして感心したように相鎚《あいづち》を打つ。自分からは喋らず、相手の言ったことにさも感心したようにうなずく。それに徹しなければならない」

恵比寿屋の多左衛門に呼ばれた席で、ぺー助は師匠の言葉を遵守したのである。

多左衛門を始めとしてその座敷にいたのは、江戸でも豪商として知られた旦那衆であった。師匠の教えを守って控え目に接し、相手が話しやすいように仕向けることに徹したぺー助は、多左衛門たちに気に入られ重宝されることになった。

すぐに干されると見ていた大方の予想を裏切るどころか、多左衛門はぺー助を連れ歩いた。しかも無愛想だった多左衛門が、笑顔を見せるようになり、しかもそれが一時的なものではなかったのである。

多左衛門が良さを見抜いたとなると、人々のぺー助を見る目が一変した。いつしかぺー助は、「いつでもけっこうですので、空きができたら是非うちの座敷にも」と声が掛かるほどの、売れっ子になっていたのである。

たとえ予定が入っていたとしても、信吾がなんとかなるかもしれないと考えたのは、ぺー助にとって出直しのきっかけとなった縁ある場所でもあったからだ。

「出られないんだから訊いてもしょうがねえが、着替えているときにちらりと耳にした、江戸御留守居役の長月会とやらですかい」

　魚が喰い付きかけている。あとは喰い付いたらいかに針を外さずに、釣りあげられるかどうかだ。

　百川楼だけならともかく、江戸留守居役となると心がぐらつくのは当然であった。なにしろ金払いがいいことを知らぬ芸人はいない。

　ここでは、江戸留守居役を強調すべきだと信吾は思った。なぜなら贔屓客にできれば、なにかあれば呼んでくれることが期待できるからだ。しかも留守居役は、一人でなく七人もいるのである。

「江戸御留守居役は親睦と情報交換のために、いくつもの組といいますか集まりができているのは、ぺー助さんならご存じでしょう」

　藩主同士が親しいとか縁戚関係、あるいは石高が近いなどの共通点がある場合もあれば、風土や産業がまったく異質なので交流が生まれることもある。江戸留守居役の集まる大小いくつもの組ができていて、一つでなく複数の組に属している者もいた。

「二十数万石から五十万石前後の、七つの大大名家の江戸御留守居役の集まりでしてね」

「失礼だが、大藩の江戸御留守居役と、信吾さんはお付きあいを」

「お歴々が宮戸屋で会合を持った折に呼ばれましたが、その中の一人から話がありまして」

ペー助が身を乗り出してきた。完全に喰い付いたのだ。あとは針が外れぬよう注意し、釣りあげなければならない。

信吾は自分の思い付きを、あたかも江戸留守居役の考えのように話した。

「さっきちらりと話に出た長月会は、毎年九月に行われる趣向を凝らした会で、その幹事がペー助さんの『捨子行』を是非とも会の連中に観せたいとのことでしたが」

「うーむ」

予定が入ってはいるものの、もしなんとかなるなら是非とも出たい、との心の揺れが呻《うめ》きになったのではないだろうか。期待が急に頭をもたげた。であれば信吾は、きちんと説明しなければならない。

先約があるのにむりに都合を付け、ペー助が長月会に出ることになったとしよう。その時点で競演者がいることを、しかもそれが猿だと打ち明ければペー助は怒るにちがいない。なぜそれを先に言わなかったのかと、激怒するかもしれなかった。

とすれば今打ち明けるべきだ。もしも出演が流れたとしても、ペー助が先約を取り消してからよりはいいだろう。でなければ魅力に溢れた友を亡くしてしまいかねない。

「ぺー助さん」

さすがに顔が強張ってしまった。

「なんですかい、信吾さん。改まって」

「長月会ですけどね。御留守居役の話では、ぺー助さんだけではないのですよ」

「共演がいるってことだね。よほど変なのでなければかまいませんぜ」

「それが共にやる共演ではなくて、競いあうほうの競演でしてね。『捨子行』を競うところを観たいと」

「なるほど、それが長月会の趣向ってことですか。噺家《はなしか》、講釈語り、それとも琵琶《びわ》法師ですかい。どんな芸人でもかまいませんぜ」

「競演相手を知ったら、ぺー助さんは怒るに決まっていますよ」

「名前も聞かずに怒る訳が、ないじゃないですか」

「芸人じゃないんですよ」

「素人ですかい。それともその道ではよく知られた茶人とか絵師、戯作者《げさくしゃ》なんぞかな。世の中には器用なお人がいますからね」

「いえ、人ですらなくて」

「人じゃないって……」

「猿です。お猿さん」

「えッ」と声を揃《そろ》えて言ったのは、ぺー助でなくセツとスズの母娘《おやこ》であった。

ぺー助はじっと信吾を見ていたが、やがてにやりと笑った。

「このまえ言っていた猿曳きの誠とやらに、猿の三吉ですね」

さすが芸人だ。先日、「捨子行」についての話を聞いたとき、ちらっと触れただけなのにぺー助は憶えていたのである。

「そう。そうなんです。とんでもないでしょう。腹が煮えくり返っていると思います」

ぺー助は下を向いてしばらく考えていたが、やがて苦渋に満ちた顔をあげた。

「信吾さん、あんたはなんて人なんだ」

「すまなかった。今の話はなかったことにして、忘れてください」

ぺー助はそれが聞こえなかったように、ぼそぼそとした声で言った。

「あっしにとっては特別な場所である百川楼で、幇間の座敷芸として練り上げた『捨子行』を、猿との競演で見せたいですって。それも目の肥えた御大名家の御留守居役たちの集まりの会で」

もしかしたらと信吾は思わず期待せずにはいられなかったが、ぺー助をさらに苦しめたかもしれない。

「はい、なんとしても。親しくしてもらっている御留守居役さんに頼まれましたから、期待に応えたいのですよ」

「それもよりによって二十五日の夜」

「予定が入っているかもしれないので、最初にお訊きしましたね」

「あっしは二十五日の夜、恵比寿屋の旦那、多左衛門さんの座敷に呼ばれているんですよ。知りあって間もない取引先を招いた宴席で、あっしの芸を見せたいって」

信吾は一瞬、周りの色が消えたような気がしたほどだ。

「だったら、文句なしに駄目じゃないですか。最初に言ってくれたら、てまえもきっぱり諦めましたし、ペー助さんを悩ませることもなかったのに」

二十五日の予定を訊いたらペー助が目を空にやったのは、頭の中の暦を繰っていたからではなかったのだ。多左衛門の座敷があったので、思わず天を仰いだのである。

「それに関しては申し訳ないと思ってやす。ただ着替えているときに江戸御留守居役の長月会ってのが耳に入ったので、つい場所を訊いたら百川楼でしょう。で、次々と話を聞いてしまいやしたが、そこであっしの『捨子行』を見せたいという。猿との競演で。一つでもぐらつかずにいられないのに、信吾さんは殺し文句を並べるんだもの。しかも三つも四つも」

「てまえもなんとかペー助さんに出てもらいたいので、気を惹《ひ》くような言い方をしてしまったようで申し訳ない。だったらきっぱり諦めますよ。恵比寿屋さんはペー助さんの大恩人じゃないですか。てまえはペー助さんに、恩人を裏切るような真似はしてもらいたくありませんから」

「恩人と言えば信吾さんこそ大恩人ですよ。信吾さん、少しだけ、せめて明日まで待ってもらえまいか」

「だから言ったでしょう。なかったことにして忘れてください。駄目なものは駄目なんだから」

「あっしだって芸人だ。これだけの話には二度と出会えません。なんとしてもやりたいなあ。だから明日一日《いちんち》待ってくださいよ」

すがるように見るぺー助の目が、信吾にはたまらなく辛かった。

「わかりました。では、よろしくお願いのほどを」

そう言いはしたが期待できる訳がなく、ぺー助の家を出た信吾の足は重かった。

あまりにも甘かったと信吾は反省した。留守居役との縁ができるとなれば、しかもぺー助にとって転機となった百川楼を持ち出せば、ある程度の予約であってもなんとかできると思っていたのだ。だが恵比寿屋多左衛門の座敷に呼ばれているなら、いくらなんでも引っ繰り返すことはできない。いや、その考えそのものが甘すぎる。芸人は約束を破れないことを、肝に銘じておくべきであった。

十

大泣きされたので、この先やってゆけるのかとまで心配していたが、幸吉は少しずつだが落ち着き始めていた。ムメが言ったように空腹で乳がほしかったのと、襁褓が濡れて気持悪かったための大泣きだったようだ。

むずがるし泣きはするものの、初日ほどではなかった。母親とはちがう声や体の匂いのせいで拒絶したのかなと思っていたが、信吾が案じたほどではないらしい。

波乃が綿に含ませた乳を吸わせたり、抱いてあやしたり、襁褓を取り換えたりとこまめに世話をすると、警戒心は次第に収まっていったようだ。ムメに言われたらしく、あやしながら波乃はなにかと話し掛けていたが、それもよかったようである。

前日の十四日、甚兵衛は波乃に付き添ってムメに貰い乳をし、自身番屋に捨子の届けをした信吾にも付き添ってくれた。そのあとで将棋会所にもどると、常連を始め客たちに事情を話してくれていたのである。将棋客は捨子に軽く触れることはあったが、あれこれと訊くようなことはしなかった。

だがたまに来る将棋客は、母屋からの赤子の泣き声に驚いて質問する。信吾は幸吉のことが気になって、午前も午後も何度か母屋にようすを見に帰った。客の中には信吾に付いて捨子を見に来る者もいたが、煩わしいので波乃に説明を任せて将棋会所にもどった。

幸吉のことが気になってならないが、おなじくらい気懸かりなのがペー助である。十五日の昼前、競演の話をすると「明日一日待ってくださいよ」と言われた。しかし信吾は期待していなかった。

ところが夜が明けて十六日になると、「これだけの話には二度と出会えません」とか、「なんとしてもやりたいなあ」などのペー助の言った言葉が、繰り返し頭を過《よぎ》る。さらには「恩人と言えば信吾さんこそ大恩人ですよ」が。

いくらどうしようと、恵比寿屋に招かれた席が覆せる訳がないのはわかっている。でありながら心の片隅では、いつやって来るか見当もつかない、いや、まず来ることのないペー助を心待ちにしている自分が、信吾には奇妙でならなかった。

ごくわずかでも可能性があるとわかれば、それにしがみ付くのが人というものかもしれない。信吾はなんとしても競演を実現させたかった。蟻坂吉兵衛の喜ぶ顔が見たくて必死に考えを巡らせたが、競演以外の別案は浮かばなかったのである。

金龍山浅草寺弁天山の時の鐘が七ツ（四時）を告げると、勝負を終えた客から順に帰る。信吾は常吉と将棋の盤と駒を拭き浄《きよ》めてから、庭に出て日課の稽古に励んだ。常吉は棒術に、信吾は木刀の素振りに汗を流したのだ。そのあとは常吉に柔術の組み手を教えた。

盥の水で手拭を何度もすすぎながら、体を拭き浄める。それが終わったころに波乃が呼びに来て食事となった。

「あら、ちょっと早かったかね」

ほぼ食べ終えたとき、声とともに土間に入って来たのはムメである。信吾が挨拶をして貰い乳の礼を述べると、ムメは両腰に手を置いてそっくり返り、感心したように言った。

「ああ、信吾さんだ。随分と貫禄《かんろく》が付いたもんだわね。あたしゃ瓦版の騒ぎがあったとき見に来たんだよ。近所ってこともあるし、ならず者をやりこめたってから、どんな男かと思ってね。なかなかの優男だったけど、あれから可愛らしい波乃さんを嫁にもらったんだ。変わらないほうがおかしいもんね。いけない。お乳をあげに来たのに。幸吉は」

「ちょっと待ってくださいね。寝ていると思いますから」

波乃は八畳間に寝かせていた幸吉を抱いて、すぐにもどった。

「眠るのとおっぱいを吞むのが、赤ん坊の仕事だもんね」

波乃から幸吉を受け取って抱くなり、ムメが胸元を開けると張り切った乳房が飛び出した。波乃は初めて貰い乳した十四日だけでなく、何度も見ているのでいくらか慣れていたが、信吾と常吉にとっては不意討ちである。波乃から聞いてはいたものの、聞くと見るではおおちがいであった。実際に見た乳房の迫力に、信吾は圧倒された。

信吾は思わず目を背けたが、びっくりした常吉は目を見開き、口も開けたままでじっとムメの乳房を見ている。

幸吉はまだ半分は眠っているようで目を閉じたままであったが、ムメが引き寄せると乳の匂いに気付いたのか、すぐに右のおっぱいにしゃぶり付いた。赤ん坊と言えど逞《たくま》しいかぎりで、ひたすら呑んでいる。

「呑ませるまえに」と、ムメが波乃に言った。「よく濯《すす》いで絞った手拭で、おっぱいと乳首を丁寧に拭ったほうがいいよ。あたしは家でやって来たけどね」

まじまじと見ている常吉に気付いてムメがからかう。

「小僧さん。まだ母《かあ》ちゃんのおっぱいが恋しいんじゃないのかい。あとで呑ませてあげようか。それとも幸吉といっしょに呑むかい、こっちのおっぱいを」

そう言ってムメは左の乳房を露出させた。

「あ、いえ、そんな」

すっかり狼狽《うろた》えた常吉は、残っていたご飯を搔きこんだ。続いて味噌汁《みそしる》を音を立てて啜《すす》りこみ、顔のまえで両手をあわせる。

「ごちそうさまでした」

箱膳の食器と箸を取ると流しに運び、「波の上の餌はいつもの所ですね」と波乃より先に言った。

「では、お先に」

逃げるように帰って行ったのである。もしかしたら常吉は、夢でムメの巨大な乳房に迫られるのではないだろうか。

「幸吉、今度はこっちをお呑み」

ムメは幸吉を右の乳房から引き離すと、左の乳房の乳首に吸い付かせた。

幸吉が呑むのを見ながらムメが言った。

「何日目なんだろうね」

信吾と波乃は顔を見あわせた。ムメの息子は生まれて十日で亡くなったと聞いていた。

「幸吉は九月九日生まれとありましたから、十六日の今日で八日目ですね」

自分の子を喪《うしな》ったムメは、生後それほど日数のちがわぬ幸吉に乳を与えているのである。

幸吉が乳を呑み終えると、ムメは胸まえを掻きあわせた。

「赤ん坊の世話なんてしたことがないから、疲れたろう、波乃さん」

「あ、いえ。それほどは」

「疲れない訳がない。しかし四、五日もすれば慣れるよ。女ってふしぎな生《い》き物《もん》でね、いつしか鼻歌を唄いながらやるようになるのさ。本当は慣れたときには、一番気を付けなければならないんだけどね」

「はい。気を付けます」

「面倒だろうけど、人肌くらいに温めてやっとくれ」

ムメが顎で示したのは、持って来た二合徳利であった。乳が入っているが、幸吉に呑ませるときは温めるようにとの助言だ。

「あまり気張ることはないんだよ。赤ん坊が泣き出してから、温めりゃいいのさ。旦那さまはうるさくてかなわないって文句を言うだろうけど、気にすることはないからね」

と言ってから、わざとらしくムメは信吾に気付いた振りをした。「いけない。旦那さまがまだそこにいらしたんだ。ほんじゃ、また明日」

抱いていた幸吉を波乃に渡すと、ムメは土間から出入口に向かう。

「ありがとうございました、ムメ姉さん。旦那さまによろしくお伝えくださいね」

「妹だから極意を教えるけどね。やることだけきちっとやったら、あとは適当に手を抜きな。そうしないと体が持たないから。今のは旦那には内緒だよ」

ほとんど一人で喋り、決まりきった冗談で笑わせて、ムメは帰って行った。

うしろ姿を見送ってから信吾が言った。

「ムメさんはまさに乳母《うば》だね。文字どおり乳の母だよ。甚兵衛さんは良い人を紹介してくれた」

「本当に。あたしどうしていいのかわからなくて、途方に暮れていました」

「口は乱暴だが気持のいい人だな」

「最初は驚いたけど、口が悪いのはムメさんふうの照れ隠しなのね」

「波乃も子供ができたら、あんなふうに逞しくなるのかなあ」

「なりたいけど、とてもむりね」

「それにしても、すごい迫力だったよ」

「おっぱいのことでしょ」

「あ、いや、そうじゃない。まさか、そんな」

狼狽えたために、認めてしまったことになった。

八畳間に移ったものの、気持が張り詰めていたためか、信吾はどことなくぼんやりしていた。

そのとき、庭で足音がしたと思うと同時に声がした。

「信吾さん、遅くなってすまないね」

「ぺー助さんじゃないですか。お待ちしておりましたよ」

そうは言ったものの九分九厘は諦めていた。やはりどうにもならなかったと、ぺー助は律儀に報告に来たにちがいない。

「波乃さん、夜分にお邪魔します」

「ようこそいらっしゃいました。長月会の件では、主人がお世話になっております」

表座敷にいると判断して、建物の横を廻って来たらしい。沓脱石から八畳間にあがったペー助は、すぐに搔巻の寝床に寝かせた幸吉に気付いた。

「聞いておりませんでしたが、おめでとうございます。所帯を持たれて一年半あまりですものね。赤ん坊ができてもなんのふしぎもないけれど、水くさいじゃないですか、信吾さん。あっしに報せてくれないなんて」

「自分の子ならすぐ教えますが、捨子なんですよ。きっと引き取りに来ますからそれまでよろしく願いますと、わたしと波乃宛の手紙が添えられていましてね」

「それで世話しようってんですか。お人好しの極みってやつですね」

ペー助の表情や喋り方からなんとかなった、あるいはなんとかなりそうだとの手応えを信吾は感じた。となれば一刻も早く知りたい。

子供の話はそこまでとの意味で、信吾は右手の掌で膝を三回音高く叩いた。

「ここで舞台が変わり、長月会に関しての場面となりました」

「かなわねえよ、信吾さんには」

「お顔とお声からしますと、なんとか目処《めど》は付けていただいたのでしょうか」

「相談屋さんは全身を使って相手を観察するから、ちょっとしたことからでも見抜けるんだなあ。幇間も見習わなくちゃいけねえ」

「なんて言いながら、逃げちゃいけねえ」

「おなじ口調で切り返されるとは、これは一本取られた。実は信吾さん、長月会にはなんとか出られることになったが、ちょっとした条件を付けられましてね」

「えッ、まさか」

思いもしなかった喜びに、却って不安が強くなったほどである。それに「ちょっとした条件を付けられた」と言いながら、言葉ほどぺー助が深刻でないのも奇妙であった。

まさか博奕《ばくち》を打って、長月会に出られるようになったものの、恵比寿屋多左衛門に生涯にわたるとんでもない枷《かせ》を嵌《は》められたのではないだろうか。ぺー助本人は覚悟していたことなので仕方がないと割り切って、それがさばさばした印象を与えるのかもしれない。

十一

多左衛門が取引先との宴席に呼んでくれたということは、料亭などにすでに座敷を取っているということを意味した。当然、取引先の了承を得ているということであった。

ぺー助はそれに穴を空けることになるのだ。

小細工は利かないし、そんなことをしても見抜かれるに決まっている。

「多左衛門の旦那に贔屓にしてもらってからというもの、あっしはしょっちゅう座敷に呼ばれました。お蔭で普通なら会うことのできないような人とも、楽しく話ができましたよ。また花見だ、雪見だ、紅葉狩りだ、潮干狩りだと、なにかあればお供しましてね。そうこうしているうちに烏滸《おこ》がましいと言われそうですが、あっしは自分なりに多左衛門さんというお人の本質を見定めることができたと思います」

信吾の持って来た話は、ペー助にはたまらない魅力に満ちていた。ペー助が座敷芸として練りあげた「捨子行」を、大名家の留守居役たちの会で披露できる。しかも競演が猿曳きと猿で、演じる場が百川楼なのだ。

それよりなによりも、世話になった信吾に恩返しができるのである。

多左衛門の座敷さえ入っていなければ飛び付いただろう。ペー助が幇間という芸に拘《こだわ》る根本の部分に、そのどれもが関わっているのだ。これだけの経験は自分の芸を一段も二段も高い所に引きあげてくれると確信している。だから出たいが、どうしても出られない。

「あっしは迷いに迷いましてね」

「申し訳なかった。なにも知らなかったから、喜んでもらえると思って」

「信吾さんが謝ることはありやせん。あんなにうれしかったことはなかった」

「しかし、多左衛門さんのお座敷が」

「さっきあっしは、多左衛門さんの本質を見定めることができたと言ったでしょう。それに賭けるしかないと思ったんですよ」

「博奕は無茶だ」

「無茶は承知」と言ってから、ぺー助はにこりと笑った。「あっしだって勝率五割じゃ、とてもじゃないがやりません。親子三人の生活が懸かっていますからね。七割、八割、九割でも踏み切れんでしょう」

「とんでもない秘策があったのですか」

「多左衛門旦那の本質です」

ぺー助はきっぱりと言ったが、信吾には見当も付かない。そういえば多左衛門というお人の本質を見極めることができたと思うと言った、それも断言したばかりではないか。

「嘘《うそ》と曲がったことが大嫌いで、なにごとにも筋を通す。その二点が旦那の特質です。そこに訴えるしか道は拓《ひら》けないとわかっていても、簡単に踏ん切れるもんじゃありやせん」

しかしここは正直に話して、お願いするしかないとぺー助は腹を括《くく》ったのである。

「大旦那さまに、宮戸川ぺー助から折り入ってのお願いがございます」

そう言って深々とお辞儀して頭をあげると、恵比寿屋多左衛門は鷹揚《おうよう》にうなずいて腕を組んだ。以後は目を閉じたまま、ペー助が話し終えるまで微動だにせず、言葉を挟むこともなかったのである。

まるで岩の壁か、巨大な石の仏にでも対しているようで、話しているうちにペー助は両脇を汗が流れるのを感じたそうだ。

原正弘の「棄児行」を座敷芸の「捨子行」にしたのはペー助だが、それを猿曳きが猿に仕込んでたいへんな人気になっている。そこで競演してみないかとの話があった。大藩の大名七家の江戸留守居役の会合でとのことで、まずペー助に話があった。

こちらが了承すれば、猿曳きに打診するとのことである。その当日が多左衛門に声を掛けてもらっている日であった。

だがペー助としては、なんとしても競演をやりたい。「捨子行」を芸として整えたのは、自分だという自負と意地があるからだ。

それだけではない。客を楽しませることに関しては、生き物と子供には勝てないと言われている。おなじ舞台あるいは場で競えば、生き物あるいは子供に喰われてしまうのだ。芸の質の上下ではなく、可愛さや意外さで、どうしてもそちらに軍配があがってしまうことが多かった。

それに猿との競演など、通常ではしようと思ってもできることではない。だから実際にそれが真実かどうか身を以《も》って試してみたい、とペー助は多左衛門に訴えた。

「ですからなんとしても、お許しをいただきたいのです」

そのときになって多左衛門は、閉じていた目を見開きぺー助を見た。その目がおだやかだったのを意外に思ったのは、怒りの溢れた目を予想していたからかもしれない。

「その日、わたしが得意先を酒席に招いてぺー助の芸を見せることを承知の上で、なんとしてもやりたいということですね」

「申し訳ありません」

ぺー助は思わず詫《わ》びていた。同時に自分は一番大切な贔屓、それもどん底にいるときに引きあげてくれた大恩人を失ったのだとわかった。九割以上の勝算は、妄想どころか淡い期待以外のなにものでもなかったのだ。多左衛門の声と語り口が静かで淡々としていただけに、ひときわ強くそれを感じたのである。

まえに贔屓にしてくれた人もやはり、ちょっとしたことが原因で自分に見切りを付けた。おなじあやまちを二度も繰り返すとは、自分はなんたる愚か者であることか。

「取引先に了承していただいていたのです。なのにその酒席で芸を見せたいと言っておいた芸人が出ないとなると、相手方にとんでもない恥をかかせることになります。おわかりだね」

「本当に申し訳ございません」

淡々として変化がないだけでなく、平板でまるで感情が感じられない声と語りであった。それだけにペー助を、その心身を強烈に圧迫してやまないのである。圧迫は重圧となった。

「ですがそれ以上の恥をかかされ、信頼を失墜させることになるのは、ほかならぬこのわたしです」

もはやうなだれるだけで、ペー助は言葉を発することすらできなかった。

「後足で砂を掛けるような真似をした芸人を、断じて許せるものではありません。わたしが見限ったと言っただけで、おまえさんは幇間としてやっていけない。幇間は江戸でのみ通じる芸です。なぜなら芸の根底にあるのが粋と洒落なので、江戸を離れてはわかってもらえず、楽しんでもらえないからです。名前を変えて講釈語りとか噺家になっても、恵比寿屋多左衛門が見限った芸人を、座敷に呼ぶ酔狂者がいるだろうか」

「いる、訳が、ありません」

ペー助は蚊の鳴くような声で、なんとかそれだけを言った。

「わたしは一刻者、世に稀《まれ》な臍曲がり、類を見ない頑固者として定評があるようですが、ご存じだろうね」

うなずくことなどできる訳がないが、ペー助は首を振ることもできなかった。

「まさにそのとおり。自分でも呆れるほどの頑固者です。ですがわたしは、わからず屋ではありません。ちゃんと筋が通ってさえいれば、千人のうち九百九十九人が認めなくても、わたしは認めます」

ペー助は思わず顔をあげて多左衛門を見たが、やはり表情には変化がなく、目はおだやかで、感情を汲み取ることはできなかった。困惑したペー助に、多左衛門はわずかにうなずいて見せた。

「ペー助はなんとしても、それをやりたいのだね。それも猿と、ということは猿曳きとですが、競演したいのだね。自分が座敷芸として確立した『捨子行』を、なんとしても」

まさに一か八かだが、こうなれば腹を括るしかない。はっきりとペー助は言った。

「はい。やりたいのです。なんとしても」

多左衛門はじっと見てから、微かに笑いを浮かべた。

「ではやりなさい」

「やってよろしいのですか、本当に」

ペー助が思わず念を押したのは、とんでもないどんでん返しが待っているような気がしてならなかったからだ。

「なんとしてもやりたいのでしょう」

うなずきはしたが言葉にはならなかった。

「わたしが見限るだろうことがわかっていながらやりたいという、芸人としての純粋さがわからぬほど、わたしは野暮ではないつもりです。やりなさい」

「ありがとうございます。大旦那さまに許していただけるなんて、まるで夢のようです」

「だが簡単にはゆかぬな」

「えッ、どういうことでしょう」

「そのまえに猿曳きがうんと言わねば、どうしようもないのではないですか」

多左衛門の許しさえもらえれば、なんとしても信吾に誠を説き伏せてもらおうと思っているが、言われてみればもっともであった。

「もしも猿曳きが理屈のわからぬ男なら、そしらぬ顔でわたしの言っていた取引先との座敷に出なさい。もし猿曳きとの競演が決まった場合は、取引先にはわたしのほうからうまく話しておきましょう。その辺に関しては芸人が心配することではありませんが、ただしその場合は条件が付きます」

背筋が凍り付くような気がした。

「条件でございますか。一体どのような」

自分でもわかるほど声が震えていた。

「そんなに怯《おび》えないでください。わたしに蹴られるかもしれないのがわかっていながら、我《が》を通そうとした芸人なんだからね。宮戸川ペー助は」

そこで恵比寿屋多左衛門は間を取った。実際はわずかだったのだろうが、ぺー助には永遠にも等しく思えた。

「なにも難しいことではありません。大名家の江戸御留守居役たちに見せた競演を、のちほどわたしと得意先にも見せてくれればいいのです。新しい得意先は布袋屋《ほていや》さんと言いますが、野暮な男ではないので、わかってくれるはずです」

「ありがとうございます。なんとお礼を申しあげてよろしいのやら」

「礼には及びません。わたしはね、おまえさんの芸人としての純な魂が気に入ったのです。だから憶えておき、おまえさんが純な魂を失ったら、金輪際声を掛けることはありません」

その言葉を聞いた瞬間に、ぺー助に冷静さがもどった。同時に気付いていた。

間の取り方と気の持たせ方は、まさに芸人であるぺー助がやっていることであった。そこに到って初めて、多左衛門がぺー助との遣り取りを、楽しみおもしろがっていたことに気付かされたのである。

「それにしても恵比寿屋多左衛門さんは太っ腹と言おうか、度量のおおきな人ですね」

「でしょう。あっしもいまだに信じられぬほどです」

「となれば、なんとしても誠さんに出てもらわねばなりませんが」

「なにぶんよろしく頼みますよ、信吾さん。あなただけが頼りです。あたしゃ明日は朝から座敷がありますので」

一瞬にして目論見《もくろみ》が外れてしまった。多左衛門の話を聞いて、信吾はペー助と二人で誠を説得しようと思っていたのである。ペー助から直接その話を聞けば、いかなる先約があろうと、誠はなんとしても遣り繰りして競演せずにいられないと思うはずだ。

人気の誠と三吉は、夜は当然として昼間も座敷に呼ばれていることが多い。となると出掛けるまえ、いや、そのずっとまえに会うしかないだろう。

十二

「席亭さんにしては、珍しく落ち着きがありませんね」

翌朝、将棋客たちが集まり始めたころ、信吾は甚兵衛にそう言われた。自分ではまったく普段と変わらず振る舞っているつもりでいたが、しかし見透かされてしまったのだ。

信吾はいかにして誠を説得すべきかに、心を奪われていた。ペー助は恵比寿屋多左衛門の寛大なというか、信じられないほどの温情で競演に出られることになった。となればなんとしても、誠と三吉に出てもらわなければならない。

信吾もペー助がやったとおなじく、小細工を弄さないで正面からぶつかるしかないと思った。

「甚兵衛さんに常吉」と、信吾は二人に声を掛けた。「まだ五ツまえですが、ちょっと出ます。半刻で帰れるかもしれないし、朝いっぱい掛かるかもしれませんが、そのあいだよろしく頼みます」

　猿屋町代地までは二町あまりで、少し歩けば十郎兵衛親方の家である。おおきな作り物の筆を看板にぶらさげた、筆屋の隣であった。

　格子戸を開けると土間になっていて、左側に四畳半の小部屋が並んでいる。その三つ目が、誠が三吉を仕込む稽古場であった。

　声を掛けても返辞がないので襖を開けたが、だれもいなかった。しまった、もう出掛けたのかと後悔した。

　本仕込みの猿曳きが廻るのは大名と大身旗本の屋敷、そしておおきな商家である。

　大名家の上屋敷と中屋敷は千代田《ちよだ》のお城の近くに集まっているが、下屋敷は散在していて内藤新宿《ないとうしんじゅく》や目黒白金《めぐろしろかね》辺、また本所や深川《ふかがわ》の外れにもあった。おおきな商家が保養や奉公人の病気治療などのために設けた寮も、根岸《ねぎし》、谷中《やなか》、日暮里《にっぽり》、本所、深川など、江戸の中心日本橋からは離れた所に多い。

　大名家の下屋敷や商家の寮に出向く場合には、五ツどころか六ツ半や六ツに出なければならないのだろう。

あるいはにわか仕込みの投銭稼ぎではなく、ご祝儀をもらえる本仕込みの誠は、いい部屋に移ったのかもしれなかった。

「信吾さんじゃないですか」

声に振り返ると伊八《いはち》である。兄弟子の手伝いや雑用をこなしながら修業している見習いで、まだ稽古を付ける猿は与えられていなかった。

「誠さんだったら庭で、日向《ひなた》ぼっこしてんじゃないですか」

ほかの部屋からは厳しく仕込む声や、小太鼓を叩いて調子を取る音が聞こえる。それなのに日向ぼっこことはどういうことだ。

訳がわからないが土間を突き切って、その先にある庭に出た。庭といっても、五坪あるかどうかという狭いものだ。

「信さん、どうしたんだこんなに早く」

——おいらの顔を見たかったんだよな。

誠と三吉がほとんど同時に声を掛けた。

「日向ぼっこしていると、伊八さんに聞いたんだけど」

信吾がそう言うと誠はにやりと笑い、声を落とした。

「ほかの連中には、座敷続きで疲れていると言っているけどね。三吉はおれの言うことがよくわかるようになったから、ほかの連中のようにムキになって稽古することはねえのさ。たまには休まないと、やってらんねえよ」

——だったら、少しは大事にしてもらいたいもんだね。

——三吉。静かにしないか。

——おッ、珍しく信吾さんが怒ったぞ。

三吉とも話したいが、今はそれどころではないのである。

「そうか。やっぱり座敷がずっと先まで決まっているんだね」

「どうしたんだい、珍しく深刻な顔をして。信さんらしくないじゃないか」

「座敷が詰まっているのなら、話してもしょうがないけれど」

「まさか三吉とおれに、出てほしいってんじゃないだろうね。信吾さんに声を掛けられては、なんとかしなくちゃならないが」

「その、まさかなんだけどね。さる大名家の江戸御留守居役に頼まれた、難しい註文《ちゅうもん》なんだよ。原正弘さんの『棄兒行』を座敷芸の『捨子行』にした幇間」

「宮戸川ぺー助」

「御留守居役に、誠さんと三吉を当のぺー助さんと、『捨子行』で競演させたいと持ち掛けたんだ。日本橋の百川楼で」

「信さん、本当かよ。本家本元の宮戸川ぺー助と、おれと三吉の組が『捨子行』を競いあうんだって。それも百川楼で。このまえ信さんに言われたから芸人仲間に訊いたんだけど、宮戸川ペー助と言えば、幇間の中でも五本の指に入るってじゃないか。猿曳きにすりゃ、こんな名誉な話はないからね」

——やろうぜ。やってやろうじゃないか。おいらそのペー助ってのを喰って、本物の芸がどういうものか見せてやるよ。

——三吉、少し静かにしないか。今度たっぷり相手になってやるから。

「よかった。ペー助さんに出てもらうことが決まったからね、これで誠さんと三吉に座敷が掛かっていたら、どうしようと思って案じていたんだが」

「で、いつだって」

「日にちが迫っていて、二十五日の夜なんですよ。こういう話は、もっと早く声を掛けてもらわなければと思うんだけど、なんせ相手は御大名家の御留守居役だからね」

信吾がそう言った途端に、輝いていた誠の顔が一瞬にして曇った。

「駄目なのか」

「信さんにはすまないが、その日は大事な大事な予定が入っているんだ」

二度も大事を繰り返したとなれば、喰いこむ余地はないと思うしかない。

「じゃないかとは思っていたんだが」

「がっかりしないでくれよ」

「がっかりもするさ。これほど凄《すご》い競演は、まず考えられないからね」

「おれだって出たいよ。しかし、相手がうんと言ってくれるかどうかなんだけど、まずむりだろうな」

——だからおいらは、出ると言ってるじゃないか。

残念ながら三吉の言葉は信吾にしか聞こえない。

「なんだって」

三吉に答えたつもりが、つい声に出てしまった。

「ずーっと仕事が入っていたけど、その日だけぽっかり穴が空いたように休みが取れたんだ。だからなんとしても、三吉の願いを叶《かな》えたいと思ってね」

信吾は思わず三吉を見た。

——ここでおいらが喋っちゃあ、ご主人さまを裏切ることになる。それにしても、なにもかもわかっているのに黙ってなきゃならんなんて、こんなに辛いことはないね。

「三吉が会いたくてたまんないらしいのに、今さら急な座敷が入ったなんて言えないだろ」

ここに到ってようやく、信吾は誠の言っていることがわかった。

「思いもしない休みが取れたので、三吉の願いを叶えて波乃に会わせてやりたいってことかい」

「三吉だけじゃなく、おれも信さんと波乃さんと話せるので楽しみにしていたんだ。しかし宮戸川ぺー助との競演となりゃ、芸人としての血が騒ぐね。それに本家本元との競演なんて、これを逃したら二度と巡ってこない。となりゃ、おれはなんとしても三吉を説得するよ」

「ああ、頼むよ。三吉を説き伏せておくれ」

――横で見てると笑うしかないね。信吾がまじめな顔で惚《とぼ》けてるなんて、滅多に観られないもの。

――大事なところなんだからしばらく黙ってろよ、三吉。

「ただ厳しいと思うな。その日は仕事が休みだから、信さんと波乃さんとこに遊びに行こうと言ったら、三吉がにっこりしたんだ。笑うなよ、信さん。本当なんだから。三吉は言ったことがわかったと思うんだ。だからその日は仕事が入ったから、二人には会えないと説得するよ。ただ、心配なんだ。三吉が怒って芸の手を抜くというか、ちゃんとやらないかもしれないからね。それどころか、牙を剝《む》いてお客さんを怖がらせかねない。だけどおれはなんとか三吉を説き伏せてみせる。だから信さんは波乃さんを説得してほしいんだ」

「ああ、そのことなら任せておくれ」

「ひどく自信があるんだなあ」

「と、誠さん。芝居はその辺にしとこうよ」

「えッ、どういうことだい」

「わたしが波乃を説得する必要なんて、ないってことだよ」

「なぜ、そう言えるんだ」

「誠さんはまだ波乃に話してないからさ。誠さんと三吉が来るとわかったら、波乃が黙っていられる訳がないからね。ところがなにも言わないってことは、誠さんは話してないってことだろう。それに万が一話していたとしても、朝でも昼間でも会えるよ。百川楼の座敷は夜の六ツ半だから」

「やはり相談屋さんが相手じゃ、猿曳きでは勝負にならないや」

「ってことで誠さん、二十五日夜の六ツ半、百川楼はよろしく頼みましたよ。詳しいことはたしかめてから知らせるから」

　信吾は浅草花川戸町のペー助の住まいに走ったが、まだ昼まえだというのに当人は仕事に出ていた。だからセツに猿曳きのほうはなんとかなったので、競演をよろしくお願いしますと伝えて、将棋会所にもどったのである。

　昼食を終えた常吉と交替して母屋にもどると、波乃が沈んだ顔をしていた。どうしたのだと訊くと、幸吉が下痢をしたと言う。食事をしているならともかく、乳しか呑んでいないのに下痢をするというのが、信吾にはわからない。

　時刻になったので将棋会所にもどったが、幸吉の下痢の理由はほどなくわかった。

午後の乳を呑ませに来たムメによると、ちょっとした変化があるだけでも、赤子は下痢をすることがあるらしい。着るものが変わったり、発情《さかり》のついた猫が塀の上で変な声で泣いたり、地震《ない》があっただけでも下痢するそうだ。

「なにがあろうと、ちっとも変わんない子もいるらしいから、難しいと言えば難しいんだけどね」

とのことで、はっきりしたことはわからなかったが、それほど気にすることはないようだ。つまり、あまりピリピリしてもいけないし、かといって、なんとかなるだろうとほったらかしにしてもいけないということらしい。

これですべてが決まり、信吾は翌日の六ツ半という早い時刻に、藩邸に蟻坂吉兵衛を訪れた。所用で出掛けたりするかもしれないと思ったからだ。

「持つべきものは真の友であるな」

競演が実現できると知った吉兵衛は、そう言って両手で信吾の手を握った。「およしください、お侍さんが町人に」と言おうとしても、こみあげてくるものがあって、信吾は言葉にできなかったのである。

実に危なっかしい、まさに綱渡りで、一つまちがえばそれまでだった。誠とペー助、とりわけペー助の芸人魂が恵比寿屋多左衛門の心を動かし、どう考えても不可能と思われた競演を可能にしたのである。必死な思いは不可能を可能にすることすらあると、信吾はまた一つおおきな真理を学んだ気がした。

信吾は吉兵衛に競演の始まる予定時刻、誠と三吉、そして宮戸川ペー助が百川楼に集合する時刻、それぞれの控室、演じる順番などを決めてもらうよう頼んだ。さらには渾名や号ではあるが、江戸留守居役の名など、必要なことを確認しておいた。

できれば末席か屛風の蔭からでもいいので、信吾は波乃といっしょに見学させてもらいたかった。しかし大名家の江戸留守居役の宴席に、町人を列席させてくれる訳がないので、さすがに蟻坂に頼めなかったのである。

競演が観られぬことは残念であったが、信吾は誠と三吉、そして宮戸川ペー助が大大名家の江戸留守居役たちをまえに、かれらの持ち味のすべてを出し切ることを信じていた。そして笑顔でそれを語ってくれることを。

兄と弟

一

夕食を終えた常吉が将棋会所にもどってほどなく、玄関で男のくぐもった声がした。立とうとする波乃を手で制して信吾が出た。

四十歳前後と思われる男が深々と頭をさげた。白髪交じりの髷《まげ》は薄くて幅も狭い。

「畏れ入ります。相談があってお邪魔しましたが、こんな時刻でもよろしいでしょうか」

六ツ（六時）の鐘が鳴ってから、まだそれほど経《た》ってはいなかった。

「どうぞおあがりください」

「今日はご都合だけ伺って、日を改めたほうがいいのではないかと」

「相談の内容次第でその方法も採れますが、まずはどういうことかだけでも話していただきませんことには」

「でしたら、取り敢《とあ》えずあげていただいて」

信吾が度を越して遠慮深い客を案内すると、座蒲団《ざぶとん》を配した波乃は姿を消していた。

床の間寄りの座蒲団を勧めたが、客は滑稽なくらい恐縮して辞退した。実直で生真面目な性格であるらしい。

着ているものからすれば奉公人ではないのだが、商家のあるじかその弟、あるいは齢《とし》を喰《く》った息子だろうか。客でありながら遜《へりくだ》りすぎるが、頭髪の薄さや容貌からくる自信のなさが、自分を卑下せずにいられないのかもしれない。

ようやく坐《すわ》ると、客は深々と頭をさげた。

「杢兵衛《もくべえ》と申します」

「信吾でございます」

「めおと相談屋と看板にありますが、ご夫婦でやってらっしゃるので」

「はい。二人で相談を伺うこともあれば、べつべつのこともあります。男の方はてまえが主で、女の方や子供さんは家内が伺うことが多いですね」

「子供が相談にですって」

「はい。皆さん驚かれますが、悩むことに関しては大人も子供もおなじですから。年輩のお方は還暦どころか古稀《こき》や傘寿まで、齢の幅は広うございます」

もっとも年輩の人は相談というより、変わり者と噂《うわさ》の信吾と話したかったということが多い。雑談を楽しんだだけで帰っても、相談料の名目で謝礼は払ってくれた。

声を掛けてから襖《ふすま》を開け、波乃が二人のまえに湯呑茶碗《ゆのみぢやわん》を置いた。

「よろしかったら、奥さんにも聞いていただきましょうかね。めおと相談屋さんだし、還暦になったら赤ん坊に還《かえ》ると言いますが、そのような変ちくりんな話ですので」

信吾を見たのでうなずくと、波乃は少し斜めうしろに坐った。坐りながら思わずというふうに首を傾《かし》げたのは、最後に言った言葉をどう解釈していいかわからなかったからだろう。それは信吾にしてもおなじであった。

「こちらは杢兵衛さん。家内の波乃です」

信吾が紹介して、二人がお辞儀をし終わるなり杢兵衛が訊《き》いた。

「相談屋さんを始められて、どれくらいになられるのでしょう」

「てまえが『よろず相談屋』を一年二ヶ月、二人で『めおと相談屋』を一年七ヶ月ですから、併せて二年と九ヶ月少しになりますね」

「もう、何人くらい相談に乗られましたか」

「数えたことはありませんが、一人のときと二人になってからを併せて三百人、いや三百組はくだらないと思います」

「組、と申されますと」

「ほとんどはお一人でお見えですが、親子とか兄弟や友人など何人かの組でということもありましたから」

「なるほど。そうしますと、いろんな相談事があったでしょうね」

「ええ。ちょっと、話しても信じてもらえないだろうことも」

「例えばどのような」

次々と繰り出される性急な問いに、信吾は思わず笑ってしまった。

「失礼しました。たとえ親兄弟であろうと、お客さまの相談事に関しては話してはならないことになっていますので」

「ご夫婦のあいだでも」

「はい。本来なら話してはならないのです。ただ二人で相談を受けるようになってからは、話すようにしています。一度相談に見えただけで解決することもあれば、何度も話しあうとか、調べごとをするとかで、間を置かなければならないこともありますから。突然、忘れていた大事なことを思い出されて駆け付け、一気に難問が解決したこともありました。話しておかなければ、伝言があっても受け応えできないことがありますからね」

「なるほど。ところでどんな相談でも、応じてもらえるのでしょうか」

「大抵の相談には応じていますが、三つだけお断りしていることがありまして」

困ったことの相談には乗るが、金を与えたり貸したりという「金の融通」はできない。

妻、夫、恋人、愛人、息子、娘などの素行、特に浮気などの「素行調査」はやらない。専門の業者がいるのでそちらに頼むように。

その人の悩みを解消することで、ほかの人が不幸になったり窮地に立たされたりするような「人を不幸にする相談」には応じられない。途中でわかれば打ち切ることもある。

李兵衛はすっかり感心したようであった。

「それ以外であれば、どんなことでも」

「はい。とは言っても、人殺しなどの相談には応じられません」

「そりゃそうでしょう。いくら高い相談料をもらっても、首が飛ぶようなことになっては割にあいませんからね。おっと、大事なことを忘れていました。相談料ですが、いくらお支払いすればよろしいので」

「相談の内容にもよりますが、そのときどきでちがいます。最初におおまかに伺ってから、決めることが多いですね。悩みが解消したときに改めて検討し、追加をいただくとか、一部をお返しすることもあります。最初に見当を付けられないときには、終わってからに」

李兵衛はしばらく考えていたが、懐に手を入れて紙の包みを取り出した。

「訳のわからない話で、すぐには解決しないかもしれません。そう思ったので、手付を用意しました」と、李兵衛は包みを信吾のまえに置いた。「多いか少ないかわかりませんが二分です。文字どおりの手付ですので、終わってから精算ということにしてください。お調べ願います」

いかにも商人らしい。信吾は紙包みを調べたが、「たしかに」と言っただけで懐には入れなかった。二分の手付金でどんな話、悩みが飛び出すか興味津々というところだ。

「さきほどちらりと触れましたが、還暦になれば赤ん坊に還ることに関する悩みでして」

見当が付けられないどころか訳がわからないが、それでは相談屋は務まらない。

「還暦は干支《えと》、つまり十干十二支の組みあわせが六十年で一巡して、誕生年の干支に還る。暦が還るということ、それが六十一歳という齢を示します。子供が生まれると魔除《まよ》けのために赤い産着を着せますね。還暦祝いでは生まれた齢、つまり赤ん坊に還るという意味で、赤い頭巾やちゃんちゃんこを贈って祝うようになりました。それで赤ん坊に還ると」

「ではなくて、実際に子供としか思えないことが」

「お父上ですか。でなければ」

取引先や世話になった年長の方と続けようとすると、急《せ》きこんだように相手が言った。

「父でして。あッ、話の腰を折って失礼しました。ですが、さすが相談屋さんですね」

調子が狂ってしまう。さすがと言われるほどのことではない。四十歳前後の男が本卦《ほんけ》還《がえ》りについて訊けば、まずだれだって当人の父親か母親のことだと思うはずだ。

「急に変になったのではなく、どことなく変だなと思うことが、少しずつ増えてきて。

「そう、それそれ。さすが相談屋さんです」

からかっているのかと思ったが、顔を見るかぎりとてもそうは考えられなかった。見た目も話し方も実直そのものである。

であれば一般的な老化で、その兆候が表れ始めたということだろう。ただ、それがいくらか早いというだけのことではないだろうか。信吾がその点を指摘すると杢兵衛はうなずき、ようやく用件らしきことを話した。

「それが芝居なのか、つまりボケた振りをしているだけなのか、本当にボケが始まったのかの、判断の付けられないことが増えましてね。もしボケた振りをしているとすれば、なぜそうしなければならないのか。よく似た相談が、これまであったかどうか。もしあったとしたらどのようにして解決されたのか、それを教えていただこうと思いまして。これまでにおなじような相談は」

類した相談はなかったが、信吾は少しだけ思い出す振りをした。

「ありませんでした。ですが、例を挙げて話していただくことは難しそうですね。芝居なのか本当のボケなのか、杢兵衛さんご自身がよくわからないことを、てまえに話していただくことは難しいでしょうから」

「おっしゃるとおりだと思います。うまく伝えられそうにありませんね。こんがらがっ
どう考えても変だと」

てしまって、父ではなくてこちらがボケたと思われかねません」

「李兵衛さん、御酒《ごしゅ》はお召しになられますか」

それまで黙っていた波乃が訊いたのと、相談とはかけ離れたことでもあったので、李兵衛はいくらか戸惑ったらしい。

「呑《の》まぬことはありませんが」

「だったらすぐご用意しますね。このようなお話はあまり理詰めに考えずに、取り留めもないことを話しているうちに、考えや解決法が見付かることがありますから」

「ああ、それがいいかもしれない」

信吾が応じると、李兵衛は少しあわて気味に言った。

「今はとてもそんな気にはなれませんので」

「李兵衛さんがお困りなのはよくわかるのですが、てまえどもはまだ李兵衛さんのお名前しか伺っておりません。お父上のことで相談にお見えですけれど、お名前だけでなく、お住まい、家業、屋号などなに一つとして知らないのです。話したくないこともあるでしょうから、なにからなにまで話してもらいたいということではありません。ただ李兵衛さんの悩みをなくすためには、ある程度のことは話していただかなくては」

「たしかに、おっしゃるとおりで」

「よく似た相談を解決したことがあれば、李兵衛さんの悩みを解ける方法が見付けられるかもしれない。そうお思いになって、お見えになられたのですね」

「まさに、信吾さんのおっしゃるとおりで」

自分が言ったことなのに、それだけ混乱しているということだろうか。そういう状態で話を聞いても、解決に結び付けられるとは思えなかった。

「何日か置きましょうか。少しでも早く答を出したいでしょうが、今日明日に出せるほど簡単でもなさそうです」

「どうしてもいつまでにという訳では」

「それまでに、李兵衛さんはてまえどもに話していいことと、そうでないことを整理なさってください。てまえには困ったときに知恵を借りる生き字引のような人が、身近に何人かいましてね。生き地獄ではありませんよ」

波乃がくすりと笑いを洩《も》らしたが、李兵衛にはわからなかったようだ。深刻に悩んでいるからこそ来たのだから、そんな余裕がなくて当然かもしれない。

話を続けようとしたとき、不意に李兵衛が素っ頓狂な声を出した。

「あッ、生き字引に生き地獄を引っ掛けたのですね。相談屋さんがそんな駄洒落《だじやれ》をおっしゃるとは、思ってもいませんでしたから」

「失礼しました。相談屋をやっていると、考えがいき詰まってしまうことがよくありまして。ですから真正面からだけでなく裏から、上から下から横から斜めからも見るようにしています。すると思いがけないことに気付いて、解決できることがありますから。ときには駄洒落や冗談も」

「なるほど、そういうことですか」

「ですので、少し日にちを置いてお会いしませんか」

「いかほど」

「そうですね。数日はあったほうがいいでしょう。そのあいだに李兵衛さんには、まとめるというか整理していただきたいのです。お父上がこういうときにこう言われた。だが李兵衛さんはそれを芝居ではないかと思ったとか、変だと思われたことを、例を挙げて話してもらえるとありがたいです」

「ただねえ、こうこうこうだからこうではないかと、うまく話せるかどうか」

「あまり気を遣っていただかなくても、父上がこんなことを話された、周りの人から父上についてこんなことを言われたなどと、そういうことを話していただくだけでも」

「そこら辺りから始めるしか、ないでしょうね」

李兵衛は悩んでいるときに相談屋の看板を見て、考えを整理しないままふらりとやって来たらしい。そのためうまく切り出せず、とすれば堂々巡りとなるだけだ。そう判断したので、信吾は日を改めてもらうことにした。

李兵衛を送り出して八畳間にもどると、畳の上に手付金の包みがそのままになっていた。

信吾が知恵を借りるとなると、まず父の正右衛門だろう。それから名付親で武芸の師匠でもある巌哲和尚。良き理解者で仲人をしてもらった武蔵屋彦三郎。将棋会所「駒形」の家主で、信吾が相談屋を開く際力になってくれた甚兵衛。戯作者《げさくしゃ》の寸瑕亭押夢《すんかていおしむ》などである。

杢兵衛にはああ言いはしたが、事情がほとんどわかっていない状態では、その人たちに話のしようがない。

二

「あら、杢兵衛さんじゃありませんか。酔ってらっしゃるのではないですか」

波乃が客に対して不躾《ぶしつけ》な言い方をしたのもむりはない。数日の間を取るように言っておいたのに、杢兵衛が中一日を置いただけでやって来たからだ。しかも酔っているらしいとなれば、親しい人に対するように言ったとしても仕方ないだろう。

「酔っちゃいませんよ、奥さん」

「でもぷんぷん臭いますよ。お酒に弱いあたしなんか、臭いだけで酔ってしまいそう」

まるでしょっちゅう会っていて冗談を言いあえる仲のようで、とても二度目に会った相手に言っているとは思えなかった。しかも相談客なのである。

「酔っ払って相談屋さんを訪れるほど、礼儀知らずじゃありません、この李兵衛は。ところで信吾さんは、いらっしゃいますか」

「おりますので、おあがりくださいな。ですが、足もとは大丈夫ですか」

「わずかな酒ですので、ご御心配は無用です。それじゃ遠慮なく」

信吾が迎えに出ようとしたところに、二人が入って来た。李兵衛は一升徳利《いっしょうどっくり》を提げているが、足もとがおぼつかない。波乃が言ったのは大袈裟《おおげさ》でなく、まさにぷんぷん臭って頬は赤く目はとろんとしている。これなら波乃の言い方も決して大袈裟とは思えない。

であればそれなりに対応すべきで、目があうなり信吾は馴れ馴《なな》れしく声を掛けた。

「やあ、いらっしゃい。いいご機嫌ですね」

「ちょっと引っ掛けただけだから、酔っちゃいませんよ」

前回は遠慮に遠慮を重ねてやっと坐ったのに、信吾が手で指し示すと李兵衛は当たりまえのように上座に坐った。

「酔っちゃいないと言い張る人は大抵が酔っていて、すっかり酔ってもうこれ以上は一滴も呑めませんと言う人は、まず酔っていないものなんです」

「呑んでいないとは言いませんが、酔っちゃいません。奥さん、波乃さん、すみませんが盃《さかずき》を。いや、湯呑茶碗を用意していただけませんか。お二人の分も忘れないで」

波乃がちらりと見たので信吾はうなずいた。相談客であるからには、酔っているのを理由に追い返すこともできない。しかしこの調子では、まともに相談事を打ち明けることなどできないだろう。

手付金をもらっていることもあるので、酔っ払いの相手をするしかないのかもしれなかった。喋《しゃべ》っているうちに、本音を洩らすかもしれない。それらの断片を寄せ集めておけば、後日の相談に役立つこともあるだろう、くらいの気持でいるしかなさそうだ。

「例のあの話、いろいろ考えちゃみたんですがね。どうしても纏《まと》まらないんですよ。それで奥さんの、波乃さんのおっしゃったことを思い出しまして」

「あら、どういうことでしょう」

盆に湯呑茶碗を載せてやって来た波乃が、二人のまえに茶碗を置いた。

「あまり理詰めに考えずに、取り留めないことを話しているうちになんとかなる、とね」

言いながら李兵衛は徳利の栓を抜くと、それぞれの茶碗に酒を注《つ》いだ。

「呑めるんでしょう、信吾大先生は」

「大先生はよしてください。それに呑むと言ってもせいぜい一合、二合も呑めば赤くなりますから」

「赤くなって、あとはいくらでも」

「であればいいのですが」

「そういう人にかぎって、底なしの酒豪、蟒蛇《うわばみ》ってやつでね」

「李兵衛さん、どうやら悪酔いなさってるようですね。今日は呑むだけにして、相談事は次になさったほうがいいのではないですか」

「この李兵衛、五合やそこらの酒で酔うような、やわな男じゃありません」

「え、もう五合もお呑みなのですか」

人によっては泥酔してもふしぎではない。

李兵衛の湯呑茶碗に目をやると、まるで減っていなかった。

酒呑みは酔っていてもいなくても、目のまえの器に酒が満たされていると、つい手に取って口に運ぶものである。現に信吾はちびりちびりと口に含み、湯呑茶碗の半分は呑んでいた。

しっくり来ないのである。酔っていないと繰り返しながら、すでに五合呑んでいると李兵衛は言った。酒呑みとまでは言わなくても、酒好きにちがいない。でありながら目のまえに酒の入った器が置かれているのに、手を出さないなどということがあるだろうか。

あるいは父親の本卦還りに関する悩みを打ち明けるつもりでいたのに、いざとなると切り出せない。ならばと酒を呷《あお》ったが、それでも話せずに苦悶《くもん》しているということだろうか。

波乃が自分の茶碗を取ってわずかに含み下に置いたが、そのとき気付いたようだ。

「あら杢兵衛さん。まるでお呑みではないですね。お酌しましょうか」

「美人のお酌はありがたいですが、お天道さんが西の山の端《は》にあるうちから五合あまり呑みましたものですから、しばらくお腹《なか》を休ませてやろうと思います。それよりお二人さんこそ、あまり呑んじゃいないではないですか」

「いえ、いただいておりますよ」

波乃がそう言ったので、信吾もうなずいて同意であることを示した。

「それより杢兵衛さん。気楽にしてください。たとえばお住まい、なんの商いであるとか屋号、還暦で赤ん坊にもどられたお父上のお名前とか、なんでもよろしいのですが」

杢兵衛は黙ったまま、目のまえの畳をじっと見ていた。いや、目を向けていただけで、見てはいなかったのかもしれない。

そしてやおら手を伸ばすと、湯呑茶碗を摑《つか》んで一気に呷った。呷ったとしか見えなかったが、その振りをしただけだったようだ。摑むようにして持っていた茶碗をしばらくして下に置いたとき、酒はそれほど減っていなかったのである。

だが信吾は気付かぬ振りをした。信吾にはわからなくても、杢兵衛にはそれなりの事情があるのだろう。

「お江戸の中心、つまり臍《へそ》である日本橋からは、南北に道幅十間（約一八メートル）の大通りが貫いております。日本橋からは南に京橋《きょうばし》、芝口橋《しばくちばし》を経て金杉橋《かなすぎばし》へと続きますね。北へは今川橋《いまがわばし》を経て筋違御門《すじかいごもん》に到《いた》ります」

杢兵衛は喋り始めたが、淡々としているというより平板すぎるのである。講釈師のようなメリハリがなく、そのためか頭に入ってこない。信吾はぼんやりと聞き流しているふうを装って、杢兵衛が重要なことを語れば頭に叩《たた》きこんでおこうと思った。

「お江戸日本橋のすぐ北にあるのが室町で、一丁目から三丁目までありますが、江戸だけでなく各地の人が行き来するだけに繁華です。あらゆる商家が軒を並べていまして」

信吾にとって目新しいことはなかったが、そう前置きしてから杢兵衛は、さまざまな商売を羅列した。塗物、繰綿《くりわた》、鰹節《かつおぶし》、塩干肴《しおぼしざかな》、乾物、草履や雪駄《せった》、下駄などの履物、扇、糸物、蠟燭《ろうそく》、筆墨硯《ひつぼくすずり》、書物、諸国銘茶、畳表などなどきりがない。

「そういう中にあって、室町の一丁目から三丁目のいずれの丁にもあるのが小間物屋です。江戸は男と女の比が七対三、六対四と早い時代ほど男が多かったのですが、今は互角に近くなっているようですね。もっとも参勤交代に付いて来る勤番侍は、数に入れていません。数ある小間物屋の中でも名を知られたのが、二丁目にある和泉屋市右衛門《いずみやいちえもん》」

「和泉屋さんなら知っていますよ。小売りもしていますよね。打てば響くようにこちらの欲しい物を出してくれる、あの見世の番頭さんと手代さんは、本当によく勉強していると評判ですもの」

波乃がそう言うと杢兵衛は顔を輝かせて頭をさげたが、それをあげたときには輝きは心なしか失われていたように信吾は感じた。

「奉公人のことで評判になっているとは知りませんでしたが、ほかの見世ではないのですか、波乃さん」

「いえ、まちがいありません」

「よく似た見世が何軒かありますから」

「和泉屋さんでした。見世の名の和泉は、大坂《おおざか》の堺《さかい》の南、紀州《きしゆう》に近い地だそうですが、そこに由来するそうですね。男の奉公人は泉州《せんしゆう》、つまり和泉の人ばかりだと聞きました。すると小僧さんの聞き慣れない言葉は、泉州訛《なま》りだったのですね。手代さんにも訛りが残っていましたけれど」

「波乃さんがそこまでご存じだとは思いもしませんでしたが、和泉屋市右衛門がてまえの父でしてね」と、杢兵衛は二人を見た。「これでお尋ねのことには答えたつもりです。住まいは室町二丁目、商いは見世売りもする小間物屋、屋号は和泉屋で父の名は市右衛門。お二人がお知りになりたいことにはお答えしましたが、ほかになにか」

まるで切口上で、信吾と波乃は思わず顔を見あわせた。たしかに知りたいことはわかったが、それは相談以前の事柄ではないか。

信吾がどのように話を進めようかと思っていると、波乃が李兵衛に話し掛けた。

「お父さまが市右衛門さん」

「ええ」

なにを言い出すのだろうと訝《いぶか》しく思ったのかもしれないが、李兵衛はいくらか警戒したふうである。相変わらず顔は赤く、いくらか薄くなりはしたものの酒の臭いはまだ強い。

「奉公人をたくさん使ってらして、ご家族はお父さまと李兵衛さんのお二人だけではないですよね。でなければ、いくら使用人が多くても、あれだけの大店《おおだな》を切《き》り廻《まわ》すことはできませんもの」

李兵衛は硬い顔をして黙ってしまった。

「ご家族はいらっしゃるのでしょう」

波乃が和泉屋の客だとわかったが、どこまで知っているかは判然としない。それもあってだろう、李兵衛は慎重にうなずいた。

信吾はしばらくようすを見ることにした。二人が交互にあれこれ訊けば、李兵衛は問い詰められるような圧迫感を感じ、さらに警戒するかもしれない。

それと信吾には、波乃の話の進め方が興味深かった。以前から感じていたのだが、波乃の声は女としては低い。そして話し方がおだやかなので、相手に安心感を与えるらしかった。波乃はそれを最大の武器としているようだ。

「お姉さんとか妹さんはいらっしゃるのでしょうか、杢兵衛さん」

「ええ、妹が。とっくに嫁いで子供もおりますけれど」

「男のご兄弟は」

「弟がね」と言葉を切って、杢兵衛は仕方なさそうに付け足した。「敏造《としぞう》と言いますが、齢が離れていまして」

「あら、そうなんですか。でも、十も十五も離れている訳ではないでしょう」

「ひと廻り、十二歳下ですよ。驚いたのではないですか」

「ええ。ですがご兄弟でそれ以上の開きがあることも、なくはありませんから。それなのにお父さまが本卦還りで、ようすが変になられては心配ですよね」

「まあ、なにかと」

「お父さま、市右衛門さまのごようすにおかしさが見られるようになって、随分となられるのでしょうか」

「このまえ言いましたように、還暦の前後から少しずつ変になりましたが、顕著になったのは半年ほどまえからです」

「ここへきて一気に悪くなられたので、心配なさって相談に見えたのですね」

「一気にという訳ではなくて、悪くなったり良くなったりを繰り返しながらですが。そのうち家の者だけでなく奉公人や周りの人にもわかるようになり、いくらなんでもまずいのではないかと」

「そうしますと、心配で見世に出てもらう訳にいきませんものね」

「あるじですから、そうもまいりません。ただお客さまの相手は十分にできなくても、帳場に坐っているだけであればと。黙っていればわかりませんから、実際の仕事は番頭が」

「女だけでなく男の奉公人にも指図をなさっていた方が、女あるじさんかしら」

返辞をせずにじっと波乃を見たのは、なぜそう訊いたのかがわからなかったからかもしれない。しばらくして李兵衛はうなずいた。

「あのとき市右衛門さんは、よほど具合の良いときだったんですね」

「あのとき、と申されると」

李兵衛の警戒心が顔に現れた。それを和らげでもするように、波乃は満面に笑みを湛《たた》えた。

「十日ほどまえでしたか、和泉屋さんに紅を買いに行ったときに、いろいろなことを教えていただいたんですよ、市右衛門さんに」

懸命に隠そうとしているが、李兵衛が動揺したのがわかった。

三

十日まえでなく、十日ほどまえと波乃は言った。そのころがどうであり、なにがあったかを、李兵衛はなんとか思い出そうとしているのかもしれない。十日と限定せずに曖昧にしたのが波乃のねらいだとすれば、なかなか高等な戦術である。

「紅が紅花から作るとか、お陽《ひ》さまの射《さ》し方によって玉虫色に光ることは知っていましたけれど、あの日は、寒紅のことなどを教えていただきました。寒の水で製して、寒中の丑《うし》の日に売り出すそうですね。日が経っても黒くならないと言われましたので、来年は寒の丑の日に忘れずに求めようと思っています」

「ありがとうございます。そうですか。そんなことを言っていましたか、父が。ですが小間物屋とか紅屋であれば、だれでも知っていることではありますけれど」

「それにしても、随分と波がおおきいのですね、お父さま。具合のいいときにお話を伺うことができて、本当によかったわ」

波乃は疑う振りなど露ほども見せなかったが、李兵衛には相当に堪《こた》えているらしいのが感じられた。波乃はごく自然に、相手が気付かぬうちにかなりのことを訊き出し、李兵衛の言ったことを覆していたのだ。

帳場に坐ってはいても客の相手はできないと李兵衛は言ったが、波乃は寒紅のことなどを教えてもらっている。それもごく当たりまえの遣り取《やと》りで、いろいろなことを。

十日ほどまえに会ったときは、たまたま調子が良かったというより正常であった。さり気なく言ったことで、李兵衛が述べてきたことが矛盾だらけなのを波乃は浮きあがらせた。

「でも、お母さまがしっかりなさってらっしゃるので、李兵衛さんも安心ですね」

「母は死にました」

「ごめんなさい。存じあげなかったもので」

波乃は思わず口を手で押さえ、その手をゆっくりとさげながら首を傾げた。

「だけどあたしが女あるじさんかしらと言ったとき、李兵衛さんはうなずかれましたよ」

「親父《おやじ》の女房ですから、女あるじってことになります」

「そうだったのですか」

李兵衛の表情から強張《こわば》りが消えたのは、こうなれば話すしかないという諦めよりも、むしろ迷いが吹っ切れたからかもしれなかった。

「あの女は弟の、敏造の母なんです。母は三十年まえ、わたしが八歳の年に亡くなりました。奉公人だったあの女が父に取り入り、母の後釜に坐ったって訳です。父はわたしの母の考えを容《い》れてと言っていますが、それはあの女を後妻にするために、周囲を説得する必要があったからだとわたしは思っています。父はあの女と敏造が和泉屋を乗っ取ろうとしていることに、気付いてもいません。父に話しても、二人が先にわたしのことを、あることないことを交えて悪《あ》しざまに言ったため、信じてくれようともしない」

様相が一変した。

悩みは父の還暦になっての赤ん坊化ではなかった。義母と義弟の企《たくら》みに気付きながら、父が二人に言《い》い包《くる》められているため、李兵衛にはどうしようもないことにあったのだ。だがそれをわかってもらえるように話せない。だから悩んでいたのである。

根気よく訊き出せば、李兵衛は打ち明けるかもしれない。しかし相当に難しいだろう。

ここに到って信吾は初めて、李兵衛が三十八歳だとわかったのである。今の母は腹違いの弟敏造の母で、李兵衛の母は三十年まえにかれが八歳のときに死んでいたのだ。

波乃の言ったことからすると、和泉屋は小間物屋としては老舗、それもかなりの大店のようだ。見世の恥になることを、相談屋が秘密を守るからといって、打ち明けるとはかぎらない。

となると李兵衛に洗《あら》い浚《ざら》い打ち明けさせるには、あの手しかないではないか。信吾の心は一瞬にして決まった。

「なんだ、そういうことだったのか。だったら変な細工なんぞせずに、初《しょ》っ端《ぱな》から正直に打ち明けりゃいいもんを。親父さんの本卦還り絡みの作り話とか、酔っ払った振りなんぞをしやがって」

驚愕《きようがく》して目を剝《む》いたのは李兵衛だが、それ以上に信じられぬ思いをしたのが波乃だろう。浅草一、江戸でも五本の指に入る料理屋の長男が、ならず者のように伝法な啖呵《たんか》を切ったのだから。

目のまえで起きたことは、波乃にはまるで芝居の一場面のようにしか思えなかったはずだ。しかも信吾の啖呵は、さらに勢いを増したのである。

「どうせ酒なんざ一滴も呑んじゃいめえ」

「の、呑みましたよ。酒の勢いを借りなきゃ、とても話せると思えませんでしたから。むりして呷ったんです。でも二合呑めばいつもなら酔っ払うのに、まるで酔えませんでした。であれば泥酔した振りをして話そうと」

「口に含んでもごもごやって、あとは掌《てのひら》に取って頰《ほ》っぺたや首筋にぺたぺたと叩き付けて、臭いを付けでもしたんだろうぜ」

李兵衛は飛び出しそうな目になって、声を震わせた。

「な、なぜご存じなんですか」

「厭《いや》な客の座敷に出なきゃならねえときにそうやるってことを、こちとら仲の良い幇間《たいこもち》から訊き及んで先刻承知の助だ。多少ひどいこと、普段言えないことを口にしても、酒の上でってことになって、あとで詫《わ》びりゃ許してもらえるからな。そのための酔った振りよ。相談屋を舐《な》めてもらっちゃあ困るねえ。どうせ芝居やるなら、外連《けれん》たっぷりにやんな」

正直に打ち明けたのに、信吾の暴言はますます過激になった。まるで挑発するように言ったので、我慢を重ねていただろう李兵衛の堪忍袋の緒が切れたらしく、全身が憤怒《ふんぬ》と化した。信吾がさらに煽《あお》る。

「おう、なんだその目は。殴ろうってんなら殴ってみなよ。李さんの拳がおれの肌、いや体にちょいとでも触れりゃ、雷門《かみなりもん》から日本橋まで逆立ちして歩いてやらあ」

真っ赤な顔になった李兵衛が不意に殴り掛かり、波乃が悲鳴をあげた。

だがそんな動きなど、毎朝、鎖双棍《くさりそうこん》のブン廻しで鍛錬している信吾にすれば、緩やかなものでしかない。ひょいと躱《かわ》しただけで、的を失った李兵衛は畳に身を投げ出してしまった。

いっしょになるまえに、波乃は信吾の武勇譚《たん》が派手に書かれた瓦版は読んでいた。九寸五分を持った破落戸《ごろつき》を素手で遣りこめたとのことだったが、文字で書かれたことと、声と動きを伴ったそれはまったくの別物であった。

信吾は李兵衛の両肩を摑むと引き起こし、自分と向きあわせた。数瞬まえまで真っ赤だった顔は真っ青になり、信吾の両手には全身の激しい震えが直《じか》に伝わる。怯《おび》え慄《おのの》いているのだ。荒療治が少しばかりすぎたかもしれない。

相手の目に見入った信吾は、静かにうなずいて見せた。

「許してください、李兵衛さん。相談屋がお客さんにしていいことでは、いえ、絶対にしてはならないことをしてしまいました。でも目を醒《さ》ましてもらうためには、ああまでやるしかないと思ったのです。お互い身にまつろうあれこれや、これまでの経緯《いきさつ》はきれいさっぱり忘れて、本音だけで話しませんか」

李兵衛はうつむいてしまったが、言葉にならず、何度もかくかくと音がしそうなほど激しくうなずいた。しかし顔をあげようとしなかった。いや、あげられなかったのだ。

波乃がそっと立って八畳間を出た。

ちいさな連続した音がして、李兵衛が腿《もも》に置いた両手の甲が濡《ぬ》れ、それが拡《ひろ》がってゆく。涙だ。ほどなく不惑に手の届こうという男が、声を忍ばせて泣いているのである。

よく濯《すす》いで絞った手拭を手にもどった波乃が、信吾に並んで坐ると、それを李兵衛の濡れた手の上に置いた。驚いて目をあげた李兵衛は、すぐに察して波乃に頭をさげた。手拭で手を、そして目の周りと頰を拭う。

信吾はなにも言わず、李兵衛の心が鎮まるのを根気よく待った。

やがて平静さを取りもどしたらしく、李兵衛は静かに口を開いた。

「間抜けと言うしかないほどの、お人好《ひとよ》しだったのですね。だから気付くのが遅かったし、気付いたときには手の施しようがなくなっていたのです」

そのように前置きして杢兵衛は話し始めた。

杢兵衛の母の名を嘉代《かよ》、のちに義母となった女の名を徳《とく》と言う。

波乃の言ったように、和泉屋では男の奉公人は初代市右衛門の出身地である泉州から雇っている。京店《きょうだな》と呼ばれる京都を本店とした商家が雇うのが、京都と近江《おうみ》の者にかぎっているのとおなじことだろう。

地元ではどうせ奉公に出すなら気心の知れた見世にと思うし、見世も地元出身者ならなにかと安心であった。田舎に血縁の者がいれば、金の持ち逃げとか商品の横流しをするようなことはまずないからだ。

男は小僧として十二、三歳で奉公を始め、雑用をしながら少しずつ仕事を憶《おぼ》えてゆく。病気や、使い物にならないため病気を理由に田舎に返されなければ、ほとんどの者が十七、八歳で、遅くとも二十歳すぎには手代となる。

女は泉州出身者もいなくはないが、ほとんどを慶庵《けいあん》を通じて雇っていた。容姿や人への接し方などから、最初から客相手の見世働きと女中とに分けて雇う。

女中は性格や働き振りから、掃除や洗濯、使い走りなどが役目の下女中と、炊事や家族の世話、親類や同業への使いなどが主の上女中に分かれる。こちらは使っているうちに、自然と上下に分かれるのであった。

すなおでよく気の利く女中の徳は女主人の嘉代に気に入られ、千作《せんさく》の世話を任されることになった。千作は幼名でのちの杢兵衛である。

男の奉公人は商売上の対外的な理由もあって、手代になれば商人らしい名に改める。奉公人ではなく和泉屋の跡継ぎだが、千作も十八歳で名を杢兵衛と改めた。

徳は十二歳で奉公を始めたが、このとき千作は二歳、母の嘉代は二十二歳、父の市右衛門は二十五歳であった。

嘉代は千作の妹を産んで体調を崩し、二十五歳になってからは寝たり起きたりを繰り返すようになった。徳は献身的に嘉代の世話をし、三年後に嘉代が亡くなると、まるで自分の母が死にでもしたかのごとく号泣し、しばらくは食事も満足にできぬほど嘆き哀《かな》しんだ。

嘉代が亡くなったとき、市右衛門は三十一歳であった。商家を守り維持してゆくには伴侶《つれあい》がいなくてはならない。半年もしないうちに親戚や同業、また取引先などから次々と縁談が持ちこまれた。だが市右衛門はそれらをすべて断った。

一年がすぎて妻の喪が明けたとき、市右衛門は親戚一同を集めて女中の徳を後妻にすると告げた。それが嘉代の遺言だったからだ。

「あたしが死んだら徳を跡に入れてください。千作は母親のあたしが病気がちなこともあって、すっかり徳に懐いています。徳は優しいだけでなく、厳しい面も持ちあわせて、躾もちゃんとできていますから、あたしも安心して死ねます。どうか千作のために、徳といっしょになってくださいい」

市右衛門はその約束を守り、三十二歳で十九歳の徳を後添いとした。そのとき千作は九歳であった。徳は千作を吾《わ》が子のように可愛《かわい》がったが、十歳の齢の差からすれば、母というより齢の離れた姉と言うべきかもしれない。

当時の徳を語る杢兵衛は清々《すがすが》しかった。

「徳はわたしを実の子のように育ててくれましてね。十九歳で嫁いだのですが、子に恵まれませんでした。千作を可愛がりすぎるからだ。ほどほどにして、自分が亭主に可愛がられるようにしなきゃ、子はできないぞなどと言う人さえいたそうです」

嫁して四年目に、徳は二十三歳で敏造を出産した。千作が十三歳、市右衛門が三十六歳のことである。後妻が子を得ると、吾が子可愛さもあって先妻の子を邪険に扱うことが多いが、徳にかぎってそんなことはなかった。

四

千作は十八歳で名を改めて杢兵衛となったが、このとき敏造は六歳になったばかりである。そのころから徳は親類縁者や取引先、また町内の人がいるところで、二人を厳格に区別するようになった。

　李兵衛が和泉屋を継ぐので、敏造はいい商人になって兄を補佐しなければならない。見世をさらにおおきく発展させ、一人前の商人になれば暖簾《のれん》分けしてもらえるかもしれないと、繰り返したのであった。

「わたしは商家の倅《せがれ》としては遅く、二十六歳で妻を娶《めと》りました。相手は十八歳。白粉《おしろい》や紅、化粧水を商っている紅屋の二女で名前が笹《ささ》。七夕の笹竹などの笹です。わたしは名前が気に入りましてね。ササと澄んでいるし、明るくて爽やかでしょう。名は体を表すで、明るくてすっきりした女です。義母の徳は三十六歳でしたから丁度笹の倍の齢で、母娘《おやこ》だとしてもふしぎではないですからね。二人の仲は良好でした。ただ」

　商家の長男が二十六歳で妻を娶れば、祝言の席で父親は、次のあるじであることを明らかにするものだ。ところがそれがなかった。父親の市右衛門は四十九歳だったから、まだまだ男盛りとの自負があり、李兵衛では力不足で店を任せられないとの思いが強かったのかもしれない。婚儀の参列者の中にも、それに触れる者はいなかったのである。

　ちなみに敏造は十四歳で、市右衛門と李兵衛の下で商いの修業を始めていた。

「笹は二十歳で第一子を、二十二歳、二十四歳と二年ごとに子供を儲《もう》けましてね。第一子は商家としては待望の男児で、幼名を竹丸《たけまる》としました。笹と李の息子ですからね。ただ李は木工《もっこう》つまり大工の意味ですので、竹とは無縁とは言えないものの、いささか強引だったかもしれません。その下は女、男の順でした」

李兵衛が三十歳になっても、五十三歳の父市右衛門からは特に言葉はなかった。さすがに変だと思ったのは、幼馴染《おさななじみ》や同業、また取引関係ではほとんどが親の跡を継いで三十歳前後、早ければ二十代半ばで当主となっていたからである。

その年、敏造は十八歳であったが、商いに対して鋭利な感覚を示し始めていた。実はそのころから徳が市右衛門に、敏造の鋭敏さと李兵衛の凡庸さ、それも失敗を大袈裟に吹聴《ふいちょう》していたらしい。もちろん李兵衛は気付かなかったし、自分が当主になれないのが徳のせいだとは思いもしなかったのだ。

三十五歳になると、いくらなんでも変だと思わざるを得ない。李兵衛は市右衛門と二人きりになったとき、自分が疑問に思っていることを父に質《ただ》してみた。

「わたしも今年で五十八歳になります。還暦も近いことだし、おまえたちにちゃんと譲って後顧の憂いなきようにしたいと思っている。李兵衛も三十五歳ならなにかと考えることもあるだろうが、わたしから言い渡すまでしばし待ちなさい」

そのようにおだやかに言われると、李兵衛としてはそれ以上のことは訊けなかった。ところが迂闊《うかつ》なことに、父市右衛門が「おまえに」ではなく「おまえたちに」と言ったのを誤解して受け取っていた。「おまえたち」の意味を、李兵衛に和泉屋を譲り、敏造に暖簾分けして店を持たせる、くらいに考えていたのだ。

父市右衛門が還暦となった今年、李兵衛は通いの番頭悟助《ごすけ》が、絶えず自分を見ているような気がしてならなかった。しかも目があうと、困惑したように逸《そ》らすのである。

あとでわかったが、悟助は李兵衛と差しで話す機会をねらっていたのだ。何度かそんなことがあって、李兵衛は擦れちがいざまに悟助に紙切れを渡された。

男の奉公人は小僧から手代、番頭へと出世するが、番頭には住みこみと通いがある。大抵は住みこんでせっせと金を貯《た》め、四十歳前後で独立して小さいながらも自分の見世を持つ者が多い。またそのときには和泉屋からも、なんらかの援助をするのであった。

悟助は番頭になってほどなく好きな女と所帯を持ち、和泉屋からは遠くもなければ近すぎもしない小網町《こあみちょう》に家を借りて通いの番頭となった。子供に恵まれないこともあったのかもしれないが、夫婦で気楽にすごせるなら、生涯通いの番頭でいいと思っているようだ。

紙片には、松島町《まつしまちょう》の松島稲荷《いなり》に近い居酒屋の名が書かれていた。松島町は中町奉行所があった時代に、与力や同心の組屋敷があったところだ。中町奉行所がなくなり、奉行所が南北二箇所となってから、享保《きょうほう》四（一七一九）年四月に松島町として町屋となった。

四囲を大名と旗本の屋敷に取り囲まれているので、室町からは遠くないのに、知りあいと顔をあわせることもないとの理由で選んだのだろう。悟助の住まいのある小網町から、近いこともあったかもしれない。

「旦那さまの人の好いのには、感心するまえに呆《あき》れるしかありませんね」

酒と肴が運ばれ、最初の一杯を呑み終えると悟助はそう言った。和泉屋の中では二人きりで話すことが難しいので、仕方なく呼び出したということである。

奉公人たちは長いあいだ、市右衛門を旦那さま、李兵衛を若旦那さまと言い慣《い なら》わしていた。李兵衛が笹を娶ったときに旦那さま、市右衛門を大旦那さまと呼び名が変わったのである。そしてそれが十二年も続いている。

古株の番頭だから言えるのだろうが、「呆れるしかない」などと奉公人が主人に言っていいことではない。だが李兵衛が黙ったままなので、少し間を置いて悟助は続けた。

「このままじゃ後妻と息子に和泉屋を乗っ取られますぜ。いいんですかい、旦那さま」

李兵衛にしてもなんとなく感じてはいたが、信じたくないという意味もあって、見ぬよう考えぬようにしていたことではあった。

「今年、何歳《いくつ》におなんなさった」

わざと訊いたのだ。奉公人が主人の齢を知らぬはずがない。だから李兵衛はそれには答えなかった。すると悟助は言ったのである。後妻の徳が市右衛門に、敏造の鋭敏さと李兵衛の凡庸さを、繰り返し話すというか、訴えていることを。李兵衛はそのとき、悟助に言われて初めて知ったのだ。

「それも旦那さまの失敗《しくじり》を、大袈裟に吹きこんでおりましてね」

「徳にかぎってそんなことはあるまい」

言われてもまだ、実の母子のように接してきた徳がよもやと思わずにいられなかった。

「それがあるから世の中ままならない。あの女はじわじわと大旦那さまに吹きこんでおります。ここにきてそれが露骨になったのは、二十六歳になった敏造さんの嫁取りが決まったからですよ。還暦になった大旦那市右衛門さまに、なんとしても敏造さんを跡取りだと言わせたいからです。旦那さまのちょっとした失敗を派手に騒ぐのもそのためですよ。なぜおまえが知っておるのかとおっしゃりたいのでしょう。てまえは古顔の通い番頭ですが、見世の中では居ても居ないと同様でしてね。火鉢や灰皿、寝ている猫なんかと変わらない。あってもなくて、居ても居ないのです。だからあの強《したた》かな女も、てまえが居ても大旦那さまに本音を洩らす、ということなんでしょうね。夫婦のことですから閨《ねや》の中まではわかりかねますが、てまえが知っているよりもっときわどいことまで言っておるのではないですかね」

奉公人のくせにあるじのことをなんたる言い種《いぐさ》か、と一喝するところだろうが、李兵衛はそうしなかった。いや、できなかったのである。そのときになって、事態が思っていた以上にひどいことになっているらしいことに気付かされたからであった。

いや、もっと以前から変化していたのに、人が好くて鈍感な李兵衛は気付かなかったのである。そのときになって杢兵衛は、三年前の三十五歳のときに父の言った言葉を思い出したのだった。「おまえに」でなく「おまえたちにちゃんと譲って後顧の憂いなきようにしたい」と言ったではないか。

三年前に「おまえたちに」と言ってから、その後なにも言わないということは、父としては敏造に譲ることに決めているにちがいない。事が重大なだけに、よほどの機会でなければ明らかにできないのだろう。親戚の反対や奉公人の動揺がおおきいからだ。いや奉公人のほとんどは、すでに徳と敏造が自分たちの側に引き入れているかもしれない。

「当然、感じておったし、考えておらぬ訳ではない。それなりの手は打つ」

そう言いはしたものの、杢兵衛の心は絶望に囚《とら》われていた。

「そのときには言ってくだされ。すべてを擲《なげう》ってでも、旦那さまに尽くしますから」

「わたしも和泉屋の跡継ぎとして生まれたのだから、やるだけのことはやるつもりだ」

呼び出したのだから自分が払うという悟助を制し、杢兵衛は呑み代を払ったうえ小遣いまで与えた。そしてまだ呑みたそうな悟助を残して呑み屋を出たのである。

出口なしの迷路に嵌《は》まりこんだもおなじで、暗澹《あんたん》たる思いに囚われた。

「そういうときにたまたま、『めおと相談屋』の看板を見掛けたものですから」

「藁《わら》にも縋《すが》る思いで」

信吾の言葉に「はい」と答えてから、杢兵衛はあわてて打ち消した。

「藁だなんてとんでもない。船が難破して絶体絶命のとき、横を見ると大木があったので思わずしがみ付いたに等しいですよ」

「ちょっと待ってください、杢兵衛さん。悩み抜いているときに相談屋の看板を見て、ふらりと入って来た」

「ええ」

「しかし、相談料の手付だと言って、二分を用意されていましたね。とても看板を見てふらりと入って来たとは」

「そこまでおわかりなんですね、相談屋さんは。そうなんです。看板を見てふらりと入ったのではないのです。迷いに迷って決心しました。だから相談料が入用だろうと。しかもいくら包めばいいのかわからないので、取り敢えず二分包みました。無事に終わったときに精算してもらえばいいと思って」

「そうでしたか。ようやく謎が解けました」

そのとき金龍山浅草寺弁天山の時の鐘が四ツ（十時）を告げた。

「おや、もうこんな時刻ですか。遅くなって木戸が閉められましたから、途中までお送りしますよ。お話は伺いましたので改めて洗い直し、解決法を探るようにいたします」

「なにぶん、よろしくお願いします」

李兵衛は信吾と波乃に深々と頭をさげた。

李兵衛は固辞したが、信吾は途中まで送ることにした。

借家を出て西に向かうと、すぐに日光街道に突き当たる。真《ま》っ直《す》ぐ南に向かう。重苦しい胸の裡《うち》を吐き出したからか、長い時間喋って疲れたせいか、李兵衛は途中ひと言も喋らなかった。

各町の木戸は閉められている。番小屋の番太郎に、横手の潜《くぐ》り戸《ど》を開けてもらわなければならないのが煩わしい。

左に浅草御蔵を見ながら七、八町（約八〇〇メートル）も進むと、天王橋《てんのうばし》と俗に言われている鳥越橋《とりごえばし》がある。さらに南進して神田川《かんだがわ》を越えると浅草御門であった。信吾は御門の手前の橋で李兵衛と別れた。

御門を抜ければあとはほぼ一本道であった。

両国広小路《ひろこうじ》から西へ横山町《よこやまちょう》、通塩町《とおりしおちょう》、通油町《とおりあぶらちょう》、通旅籠町《とおりはたごちょう》、大伝馬町《おおでんまちょう》と進む。本町《ほんちょう》の二丁目と三丁目の間を左折し、南へ進めば室町で、ほどなく和泉屋がある。

信吾は来た道を引き返した。

洗い直してみますと李兵衛には言ったが、簡単なことではなかった。父親の市右衛門が李兵衛の言うとおりであれば、親戚筋に李兵衛の相談に乗ってくれる人がいるとは思えない。居ても居なくてもわからないような下っ端の番頭悟助から気の毒がられるようでは、和泉屋には味方になってくれる人はいないだろう。「めおと相談屋」の看板を見てふらりと入ったのなら、李兵衛には相談できる友人知人がいるとは思えない。

　黒船町の借家にもどると波乃が待っていた。

「お酒、呑み直しますか」

　李兵衛が呑まなかったせいもあるが、信吾は五勺《しゃく》ほど、波乃は口を付けただけであった。

「そうだね。やり切れない話を聞かされて胸が塞がっているので、酒で解き放ってやらなきゃね。李兵衛さんが提げて来た酒はそのままにして、母にもらってきたのにしておくれ。極上の下《くだ》り酒《ざけ》だから燗《かん》はしなくていいよ」

　波乃が徳利と新しい湯呑茶碗を用意した。

「あたし、びっくりしました。あんなに驚いたことはありません」

「李兵衛さんの話だろ。どの商家もいろいろと問題を抱えているようだが、和泉屋は」

「ちがいますよ。信吾さんの啖呵ですよ。いつ憶えたんですか、あんなすごい啖呵を」

「竹輪の友と芝居を観《み》たり講釈を聴いたりするとね、あとで啖呵を切って遊んだ。遊びだから言いたいことを恰好《かっこう》よく言う。だから咄嗟《とっさ》に出たんだろうね」

　竹馬の友ならぬ竹輪の友は信吾の幼馴染で、完太《かんた》、寿三郎《じゅさぶろう》と鶴吉《つるきち》の三人である。以前ほど頻繁には会えないが、顔をあわせれば昨日別れたばかりのような気になれる仲間であった。

「まるで本物のやくざ者かと思いました。あたしは相談屋のあるじさんで将棋会所の席亭さんと夫婦になったと思っていたのに、実は夫はやくざ者だったんだって」

「ああでもしなきゃ、李兵衛さんは本当のことを話さないと思ったからね。父に教えられた商いのコツだよ」

「やくざ者のような啖呵を切り、相手を怒らせて殴り掛からせることがですか」

「まさか」と、信吾は笑わずにいられなかった。「商いには撫《な》で型《がた》と張り手型があってね。波乃の撫で型が効果をあげたから、わたしの張り手型が決まったってことなんだ」

「まるで訳がわかりません」

「商いは手順を踏んでおだやかに、じんわりと進めるのが基本なんだ。波乃が李兵衛さんに話し掛けて、いろんなことを訊き出したようにね。でもあのままではひどく時間が掛かるし、もしかすると一番知りたいことを引き出すことはできないかもしれない。そういうときには意表を衝《つ》いて相手を動揺させ、ときには逆上させることで、一気に核心に迫れることがある。そのかわり失敗したら悲惨な思いを味わわねばならず、ときとして窮地に追いこまれることもあるからね。よほどの場合でなければ使ってはならない。李兵衛さんの悩みはまだ解決できた訳ではないけれど、その理由は明らかにできた。

『めおと相談屋』に名を改めて、波乃と信吾の連携が一番うまくいった例かもしれない。波乃が撫で型で下地をこしらえ、わたしが張り手型で杢兵衛さんの悩みの種を明らかにできたのだからね」

「厭なお客さんの座敷に出るとき、杢兵衛さんがやったように酔った振りをするというのは、ペー助さんなら、ペー助さんに聞いたんですか」

「まあ、呆れた」

「だけどあれが功を奏して、杢兵衛さんはなぜ悩んでいるかを打ち明けてくれた。だから、なんとかしなきゃ」

「難しくても解決してあげたいですね」

「わたし一人の力では、どうにもならないと思う。波乃の力を借りないとね」

「でも、もう張り手はやめてください。胸が潰れる思いがしましたから」

「あれは切り札だから二度は使えないのさ。とすれば、もっとあとで使うべきだったのかもしれないな」

「あれでよかったと思います。あたしのやり方では、杢兵衛さんが本当はなぜ悩んでいるのかまで辿《たど》り着けなかったと思いますから」

「杢兵衛さんの悩みはわかったとしても、なんだかもう一つすっきりしないんだよな」

「あら、どういうことですか」

「よくわかる部分と、そうでない部分があってね。頭が痛いよ」

五

将棋客も少なく対局予定もなかったので、信吾は母屋で手控帳の整理をしていた。大黒柱の鈴が二度鳴ったので、信吾は急ぎ会所に出向いた。

飛び入りの対局希望者は、二十歳前後の若い男である。女チビ名人のハツに任せてもいいほどの腕で、席亭が相手するというので見学していた常連も、客の力がわかったからだろう、ほどなくいなくなった。力がないのに長考するのはまさに「下手の考え休むに似たり」で、退屈気味の信吾はつい考えてしまう。

問題の李兵衛だが、どことなくちぐはぐで、おなじ人物だとは思えないほど、ちがった面を持っているような気がする。言葉にすれば「すっきり」と「どんより」とでも言えばいいだろうか、信吾の内部でどうにも相容れないものがあった。

ちぐはぐさの最大と言えるのが、義母の徳に対してであった。すなおで気の利く徳は奉公を始めてほどなく、嘉代から二歳の千作の世話を任されている。そして嘉代が病気を患うと献身的に看護し、三年後に亡くなると自分の母が死にでもしたかのように号泣したという。

死に際し嘉代は自分が死ねば徳を後添えにと、市右衛門に遺言したのである。

十九歳で三十二歳の市右衛門に嫁いだ徳は、杢兵衛を実の子のように育てた。徳は嫁して四年目に得た敏造が六歳になると、普段は兄弟として扱っても、人のいる所では杢兵衛と厳格に区別した。杢兵衛が和泉屋を継ぐので、敏造は兄を補佐するようにならなければと繰り返したのである。

徳を語る杢兵衛は、そして笹を妻にして二年置きに子が生まれる辺りまでは、信吾は聞いていて実に清々しいものを感じた。その色調が変わったのは、父市右衛門が杢兵衛を跡継ぎと認めないことに触れてからである。

二十六歳で妻帯しても、三十歳になっても、さらに三十五歳になっても父から和泉屋を継がせるとの話はなかった。その点を父に質すと、「還暦も近いことだし、おまえたちにちゃんと譲って後顧の憂いなきようにしたいと思っている」と言ったのである。ところが三十八歳になってもそのままだった。

杢兵衛はそれを後妻の徳が、敏造に和泉屋を継がせるための工作のためだと思っている。だが果たしてそうだろうか。

最初の訪問で、信吾は杢兵衛が実直で生真面目だが、信じられぬほど遠慮深く、また自信がなさそうなことに意外な思いがした。劣等意識の強さを、信吾は杢兵衛の風貌のせいだろうと考えていた。

父市右衛門が踏み切れなかったのは、その点にあったのではないだろうか。見た目が貧相なだけでなく、そこまで自信がなくては和泉屋をとても維持できないと危惧している気がする。

しかし年齢的なこともあって、やがて自分は身を退《ひ》かねばならない。そのため李兵衛が笹を娶って子供ができても、三十歳、三十五歳、そして三十八歳の今も声が掛けられず、市右衛門は懊悩《おうのう》しているにちがいない。

「悟助だ」

思わず声に出してしまったので、対局相手だけでなく将棋客たちが一斉に信吾を見た。

「すみません。なかなか思い出せなかった人の名前を、やっと思い出しましたので、ついい」

「やっぱり近ごろの席亭さんは変ですよ」

だれかが言ったので同意する笑いが洩れた。だが信吾が対局中でもあり、遠慮してであろうがそれ以上はだれもなにも言わなかった。

まちがいない。通いの番頭悟助の言葉に、李兵衛は惑わされたのである。還暦までにはなんとかとの口振りだったのに、市右衛門は本卦還りしてもそのままだった。

李兵衛の性格からして、説得は押し付けとなって萎縮させてしまうだけである。李兵衛が自覚しないかぎり解決できない。どうか父の気持を汲《く》み取ってその気になってほしいと、市右衛門は願っているのではないだろうか。

だが三十八歳になった李兵衛は、後妻とその息子に和泉屋を乗っ取られてもいいのか、との悟助の言葉にすっかり惑わされてしまった。だがそう言われても、最初は「徳にかぎってそんなことはあるまい」と否定した。それが李兵衛の本心であれば、なんらかの方法はあるかもしれない。

悪い偶然が重なったため、李兵衛は悟助の言ったことを真に受けたのである。悟助が言っていたではないか、「見世の中では居ても居ないと同様」だと。李兵衛には解決策があるのに、通いの番頭の言葉に惑わされてしまったのだ。

初めから洗い直してみますと言いはしたものの、信吾はなかなか李兵衛を納得させられる考えには思い至らなかった。

ところが客との対局があまりにも退屈なため、ああだこうだと思いを巡らせているうちに、次第に全体が見えてきたのである。お蔭《かげ》で信吾は、李兵衛がよほど新たな打ち明け話を持ち出さないかぎり、順を踏んで説得できる用意ができたのだった。

だが翌日も翌々日も、李兵衛は姿を見せなかった。

最初の日には還暦になった父市右衛門が、赤ん坊に還ってしまったことについて相談したいと言った。でありながら具体的なことはなにも話さず、曖昧なままで帰ったのである。

ところが二回目には酒の臭いをぷんぷんさせてやって来たが、それが芝居だと見破られた。しかも父が杢兵衛に和泉屋を譲ろうとしないのは、義母の徳と義弟敏造が市右衛門に工作しているからだと告白させられたのだ。

それだけではない。不惑に近い男が涙を流したのである。となればみっともなくて、それこそ酒でも喰らわずには、顔を出せないのではないだろうか。


朝食を終えた六ツ半（七時）ごろ、久し振りに正吾がやって来た。

用件は二日後の暮七ツ半（五時）に、どうしても二人で宮戸屋に来てもらいたい客がいるとのことである。相手が何者か、名前どころか、男か女か、何歳ぐらいか、どんな人かについても正吾は口を噤《つぐ》んだままであった。

「恨まないでくださいね。なんとしてもお会いするまでは伏せてもらいたいと、お客さまに頼まれましたので」

「宮戸屋の若旦那としては、兄夫婦よりお客さまを大切にしなきゃならんということだな。客商売とは申せ、辛《つら》いことですな」

「からかわないでくださいよ、兄さん。ただ、悪い話ではないと思いますよ。もっともてまえの勘ですので、当てになりませんけれど」

結局、なにも洩らさないで正吾は帰って行ったのである。

「一体、どんな人だろう」

正吾は性別さえ言わなかったので、まるで見当も付かなかった。悪い話ではなさそうだと言った正吾の言葉を、信じるしかないのだ。

「信吾さんだけならともかくあたしもいっしょとなると、相手を絞りこめそうな気がするのですけれど」

けれどと言いはしたが、やはり見当は付かなかった。ともかく会ってみるしかないということだ。


信吾と波乃は正吾に言われた七ツ半より少し早めに宮戸屋に出向いたが、お客さまはすでにお見えだと母の繁に言われた。名前とか客に関することには、母はひと言も触れなかった。

「二階の六畳ですよ」

部屋がいくつも並んだ二階は、襖を取り払うと大広間になるように造られている。六畳間は一部屋しかなかった。奥まった一室で、少人数で飲食しながら静かに話したい客が好む座敷である。

「お待たせいたしました」

襖を開けると左手に床の間があるが、下座の位置、つまり目のまえにいる若い男が顔を向けた。

「あッ、敏造さん」と言ってから、信吾はすぐさま詫びた。「申し訳ございません。お人ちがいでしたら、なんとお詫びすればよろしいのやら」

言われた相手は満面に笑みを湛えた。

「お呼び立てして申し訳ありません。和泉屋の敏造でございます」

敏造は二人に上座の座蒲団を手で示した。名前を聞いて信吾は胸を撫でおろしたが、万が一ちがっていたらどうしただろうと冷や汗を流した。

「信吾と家内の波乃でございます」

二人が座を占めて頭をさげると、敏造はにこやかに笑い掛けた。

「ですがなぜ、てまえが敏造だと」

「それが、なぜだかわからないのです。宮戸屋の者にはお名前を教えてもらえませんでしたが、お顔を拝見した途端に声が出てしまいまして。敏造さんでよかったですが」

「相談屋さんの勘の鋭さ、でしょうね」

「二年半あまり相談屋をやっておりますが、こんなことは初めてで驚いております」

声を掛けて襖を開け、女将《おかみ》の繁と仲居が酒肴《しゅこう》を運びこんだ。

「お任せで、女将に料理を選んでもらいましたので悪しからず」

それだけでは、女将が信吾の母だということを、敏造が知っているかどうかまではわからない。李兵衛は知らなかったようだが敏造はどうか。だが、それには触れないほうがいいだろう。

「先付《さきづけ》が蟹身《かにみ》、水菜、白きくらげ、菊花和《きっかあ》え、松茸《まつたけ》でございます。八寸がかます焼目寿《ず》司《し》、さより風干《かぜぼ》し、栗《くり》の甘煮、銀杏《ぎんなん》、松の実、鯛《たい》の昆布締めとなります」

吸物、向付《むこうづけ》、焼き物、蒸し物、酢の物と並べてゆき、「それでは」と頭をさげて女将と仲居は部屋を出た。宮戸屋では本来ならこのような料理の出し方はしない。会話を楽しみながら食べ終わったころ、三度か四度に分けて次の料理を出すのであった。どうやら敏造は、じっくりと話したいので一度に出すようにと頼んでおいたらしい。

これでは李兵衛が自信を失い父親の市右衛門が悩むのもむりはない、と信吾は思わずにはいられなかった。ひと廻り上の兄より遥《はる》かに貫禄《かんろく》があり、しかもすっきりした印象である。父がおなじでありながら、母親を異にするだけで、兄弟がこれほどちがうことがあるのだと驚かずにいられない。

兄の李兵衛は小柄で猫背気味、白髪交じりの頭髪が薄く、のっぺりした顔に眉も薄い。自信がないこともあるのだろうが、そのため一層貧弱に見える。

弟の敏造は身の丈は平均よりいくらか高めで、引き締まった体をして姿勢もよく、彫りの深い整った顔をしている。その上笑顔がとても柔らかく、にこやかに笑い掛けられただけで、信吾はとてもいい印象を抱いた。

「此度《こたび》は兄が多大なご迷惑をお掛けしているようで、心よりお詫びいたします」

「いえ、なにも詫びていただくことではございません」

「ですが、答えようのない相談を兄が持ち掛けたために、お困りなのではと」

「相談を受けて解決するのが仕事ですし、それぞれの処し方がありますので」

「なるほど、餅は餅屋ですね」

視線を落としてからすぐ顔をあげ、敏造は真剣な目を信吾に向けた。

「兄はどのような相談を」

「ひどく迷われているようでしたが」

そこで信吾は言葉を切った。

「迷うと申されると、どのようなことで」

身を乗り出した敏造に、信吾はちいさく首を振った。

「申し訳ありませんが、話せるのはそこまででございます。てまえどもはお客さまの相談に関しては、どんな些細《ささい》なことであろうと洩らしてはならないことになっておりまして」

「てまえは兄を案じて信吾さんと波乃さんに来ていただいたのですが、たとえ親兄弟であろうと」

その問いに信吾が笑顔で応えると、敏造は何度もうなずいた。

「だからこそ信頼されて、人に、親兄弟にさえ言えない悩みを、打ち明けられるということですね」

信吾としては敏造の思いのままに進められてはならないので、歯止めを掛けなくてはならなかった。

六

「このようなことをお訊きする無礼を許していただきたいのですが、てまえどもはなぜお招きいただいたのでしょう。そしてお兄さん、李兵衛さんがてまえどもに迷惑を掛けたと、なぜ敏造さんがおっしゃったのか、まるでわからないのですが」

敏造は口をつぼませるようにして、少し考えてから言った。

「失礼いたしました。ついわかっていただいていると思っておりましたので」

そう言ってから敏造は事情を打ち明けた。

敏造の義姉の笹、つまり李兵衛の妻からも父の市右衛門からも、どうも李兵衛のようすが変だが、心当たりはないかと敏造は訊かれたのである。敏造本人も兄の不自然さには気付いていたし、その理由に思い当たらぬことがないではなかった。

　ところがある日の夕刻、酒に弱いはずの杢兵衛が酒の臭いをさせ、しかも思い詰めたような顔をして家を出た。気になったのでつい跡をつけたのである。すると杢兵衛は酒屋に寄って、酒を一升徳利に詰めてもらった。

「向かった先が、『めおと相談屋』だったということですね」

「兄が悩んでいるのは感じていましたが、そこまでとは思っていませんでしたので、いろいろと調べたところおおよそのことが」

「ようやくお見えになった理由がわかりました。そうしますとてまえに訊かなくても、ほぼおわかりなのではないですか」

　信吾が自信たっぷりな言い方をしたので、それが敏造には意外だったようだ。

「なぜそのように」

「ご自分の考えていることを兄さんに話したくてならないのに、敏造さんは迷いに迷った末に話せないでいます」

「なぜでしょう」

「失礼を承知で申します」と言って、信吾は敏造を見た。「すんなりと、すなおな気持で受け取ってくれればいいのですが、まずそれは望めません。杢兵衛さんは九分九厘、悪く取って、つまり誤解してしまい、そうなるとお父さまの願いが打《ぶ》ち壊《こわ》しになる」

「父の願いが、ですって」

「そうです。市右衛門さんの願い、夢は叶《かな》いません」

ふーッとおおきな溜息《ためいき》を吐《つ》いたのは、敏造だけではない。波乃も詰めていた息を、一気に吐き出したのだ。

敏造は膝のまえに置かれた盃を手に取ると、ひと息で呑み干した。信吾もひと息で干した。波乃が銚子《ちょうし》を取って二人の盃を満たす。

しばらく考え、敏造は真剣な目を信吾に向けた。

「わたしの口から聞けば誤解しても、信吾さんの口からだと、兄は曲解せずにすなおに受け止めると思います。なぜなら相談に対する答だからです」

「敏造さんとてまえの考えていることは、かなり近いようですね。そんな気がしてなりません。であればわたしはあなたの話されたことを、杢兵衛さんに話せます。もちろん、敏造さんと話したことは杢兵衛さんには明かしませんし、あなたの話されたことは一切口外いたしません。おなじ考えでしたらてまえの考えでもありますので、躊躇《ためら》うことなく話せますが」

またしても敏造はおおきな溜息を吐き、目を閉じた。どのように話せばいいかを整理していたのだろう。やがて目を開けた。

「宮戸屋さんの料理は冷めても味が落ちることがないとの評判ですが、食べながら話しましょう。少し長くなるでしょうから」

三人はゆっくりと料理を味わった。料理を褒めたということは、やはり信吾が宮戸屋の長男と知っているからではないだろうか。気分をよくすれば、大抵の者は口が軽くなるからである。

やがて敏造は箸を置いた。

「兄の母が嘉代、てまえの母が徳ということはご存じですね。いちいち兄の母、てまえの母と言うのは煩わしいので、嘉代、徳と、ほかの人も含め名前で話すことにします」

そう言ってから敏造は話し始めた。

徳が十二歳で和泉屋で奉公を始め、嘉代に言われて二歳になった千作、のちの杢兵衛の世話をしたとか、二十五歳で嘉代が患い三年後に亡くなった、などということは、当然だが杢兵衛が話したこととおなじであった。

「物心が付くまえから徳の世話を受けた兄は、嘉代を八歳で亡くしたこともあり、徳を実母のように慕って育ったそうです。てまえが生まれたとき、ひと廻りも離れているのに、徳の気持が幼いてまえに移るのではないかと、ひどく妬《や》いたそうでしてね」

だが徳は二人を区別することなく、実の兄弟のように扱った。

「兄が変わり始めたのは、ここ数年のことです。笹を妻としても、子供ができても、三十歳、そして三十五歳になっても、父は兄に和泉屋を譲ろうとしません。兄は気が気でないと思います。子供も十一歳の竹丸を頭に九歳、七歳と成長していますから。お二人には理由はおわかりですね」

　劣等意識が強すぎてあまりにも自分を卑下しているために、奉公人は心から従う気にはなれず、客や取引先からは軽く見られてしまう、そんなあるじでは見世は維持できない。しかしいくらなんでも信吾たちの口から、本人の弟に対してできる話ではない。敏造も二人の返辞を期待してはいなかったようだ。

「こんな言い方をすれば随分と傲岸なやつだ、しかも兄を蔑《ないがし》ろにしてと謗《そし》られるでしょうが正直に申します。そうしなければわかってもらえないでしょうから」

　敏造が十七、八歳ごろ、つまり李兵衛が二十九歳から三十歳ごろから、次第にそれが顕著になった。李兵衛が自信を失い、それまでにもまして自分を卑下するようになったのだ。敏造は触れなかったが、かれが成長するにつれていい若者になるのに、自分はあまりにも貧相で見てくれも良くない。そのためにすっかり自信を失ってしまったのである。

「そんな状態ではとても和泉屋を任せられないと、父は頭を抱えていました。しかしそのことを指摘すれば、兄の性格からして奮起するどころか、ますます打ち沈んでしまうことは目に見えています」

　李兵衛は見てくれを、他人《ひと》の目というものをあまりにも意識しすぎた。どんな人にも優れた面と劣った面がある。それほど優れている訳でもないのに過信し、自惚《うぬぼ》れるのも困りものだが、李兵衛の場合はその逆で、これまた困りものであった。

「兄は良い面、てまえなど足許《あしもと》にも及ばぬ優れた能力を具《そな》えているのに、欠点ばかりに目が行って自分の良さが見えません。いえ、見ようとしないのです」

小間物屋では日常使用する雑多な品々、まさに小間物、それも主に女性の品を中心に扱う。そのためわずかなちがいが、売れ行きにおおきく関わった。

「例えば女の人が手放すことのできぬ手巾《しゅきん》ですが、あれの端のほうにちいさな刺繡《ししゅう》を入れたのは兄が最初でした。自分の好みでそうしている人はいたでしょうが、それを商品としたという意味ですけれど。季節の花々、蝶《ちょう》や蜻蛉《とんぼ》のような虫、その図案と糸の色の配し方が絶妙でしてね。古くからの文様には麻の葉、鱗《うろこ》、矢羽根、そしてさまざまな亀甲などがあります。子持ち亀甲、亀甲花菱《はなびし》、毘沙門《びしゃもん》亀甲、三盛《みつもり》亀甲、その色とあしらいで売れ行きが左右されます。兄はそれらを職人さんと話しあって、工夫を凝らすのです。櫛《くし》とか小物入れ、巾着、お守り袋などきりがありませんが、兄の息が掛かると売れ行きが一桁も二桁も変わるのです。売れるとほかの見世が真似《まね》をしますが、兄の考えた品には勝てません。ですが売るためには、新しい案を出し続けなければならなくて」

「それはたいへんなことですね。大抵は息切れしてしまうでしょう」

敏造はうれしそうにうなずいた。

「兄はそれを続けているのですよ」

和泉屋は小間物屋で見世売りしているが、買いに来られない女性も多い。江戸の中心から離れた向島《むこうじま》、本所、深川、王子《おうじ》、内藤新宿、目黒、白金などの女性は、滅多に室町や日本橋、神田まで出られなかった。遊郭や岡場所の女、大名の妻女、大奥の女たちは自由に出ることが許されない。そういう女性客の要望に応えるため、小間物屋は担ぎの売り手を抱えていた。

ちいさく区切られた箱を何段にも重ね、大風呂敷に包み担いで売り歩く。客と馴染むと、こんな品がほしいなどと頼まれる。杢兵衛は担ぎ売りたちに、新しい品の優れた点を的確に教えた。すると女性客は、おなじ品でもいいと思えば少し高くても買ってくれた。

「なにごとにも表と裏がありますが、小間物屋も店で客に接する売り子が表で、職人や兄のような存在が裏のように見えます。実際は逆なのです。父もその点では世間の人の見方や兄の負い目を、よくわかっていたようでした。杢兵衛と敏造が入れ替わっていたらよかったのだが、世の中はままならぬ。おまえたちが良いところを出しあって、足らぬところを補いあうことができれば和泉屋は安泰なのだがと、溜息を吐いたものでした」

なにか言い掛けて波乃は口に手を当てた。

「敏造さんだけでなく市右衛門さんも、杢兵衛さんの気持を逆撫でせずにわかってもらうのは難しいと、手を拱《こまね》いているうちに今日《こんにち》に至ったのですね」

「兄の悩みがそれだけおおきいという証《あかし》ですが、今となればそれができるのは信吾さんだけだと思います。どうか兄を説得してもらいたいのです」

敏造は深々と頭をさげた。

「頭をあげてください、敏造さん」

言われて頭をあげた敏造に信吾は言った。

「てまえには李兵衛さんを説得することなど、とてもできません。ただ話の持って行きようでは、李兵衛さんが気付いていない大事な部分を感じ取ってもらうことは、できるかもしれません。そうすれば敏造さんのおっしゃったことを、わかってもらえるでしょう」

自分の考えていること、喋ったことを信吾がすんなりと受け止めたことで、敏造はかなり安心したようであった。そのためか料理に箸を伸ばし、盃を口に運びながら敏造は、幼き日にいかに李兵衛が自分を可愛がってくれたかを、思い出として語った。また優しい徳がどういうときに怖い顔で二人を叱ったかを話したが、なぜ叱られたかはのちになってはっきりとわかったと懐かしそうに告げた。

「ところで波乃さん。先ほどなにかおっしゃりかけておられましたが」

「いえ、大したことではありませんので気になさらないでください」

「お二人に来ていただきながら、信吾さんとばかり話して失礼いたしました。ぜひお聞かせ願いたいですね」

「お兄さんと敏造さんがお互いを補いあえば、和泉屋さんは安泰だとお父さまがおっしゃったそうですね。あたしたちも主人の祖母におなじことを言われたのです。お互いの足らないところを補いあっていると」

「だから相談屋は繁盛しているのですね」

「そうではありません。足らないところを補いあっているから、なんとかやっていけるのだと。半人前同士が夫婦になって、ようやく一人前だと言われたのだと思います」

敏造の話を聞きながら、信吾はなんとしても杢兵衛の勘ちがいや思いこみを気付かせたかった。それが母のちがう兄と弟が力をあわせ、両輪となって和泉屋をさらにいい方向に向かわせることに繋《つな》がると感じたからだ。

両親や大女将の咲江、また弟の正吾や仲居たちに見送られて、三人は宮戸屋を出た。浅草広小路を東に進み、雷門のまえで南に道を取る。茶屋町《ちゃやまち》、並木町、駒形町《こまがたちょう》と進んで、諏訪町《すわちょう》をすぎたところで敏造とは別れた。

借家への道を歩みながら波乃が言った。

「あたし感心しました。そして勉強になったわ。あれは信吾さんの、相手が思い考えていることを引き出す秘訣《ひけつ》だったんですね」

敏造と信吾の考えていることが近いようなので、信吾が敏造の話したことを自分の考えとして話せると言ったことを、指しているのだろう。

「敏造さんが李兵衛さんに話せないのは、すなおに受け取らずに誤解するからだろうから、市右衛門さんの願いが叶わないと私は言った。それが敏造さんの思いとおなじだったので、この人はわかってくれていると感じ、打ち明けてくれたのだと思う」

「相手の気持を察することが大事なのですね」

波乃は納得できたらしく何度もうなずいた。

七

訪《おとな》いの声がした。男のくぐもった声だったので、信吾は目顔で波乃を制した。

やはりそうだった。

「お待ちしていましたよ、李兵衛さん」

「このまえはみっともないところを見せてしまったので、敷居が高くて踏ん切りが付きませんでね」

八畳間に招くと波乃が座蒲団を整えていた。

「ようこそいらっしゃいました、李兵衛さん。さ、そちらにお坐りください」

李兵衛は波乃に紙の包みを手渡した。

「なにがいいか迷いましたが」

「あら、和泉屋さんの包み紙ですね。見せていただいてかまいませんか」

「どうぞ。波乃さんのためにお持ちしたのですから」

「まあ、うれしい。手巾。それも三枚組ですね。和泉屋さんの手巾は、隅のほうにちいさな刺繡が入れられているでしょう。あの文様と色が、なんとも言えなくて」

波乃は前々日、宮戸屋に招かれたとき敏造が話したことを、さりげなく織りこんでいた。膝の上で手巾を拡げて、波乃は「南天だわ」と、歓声とも溜息とも取れる声を洩らした。

「南天は晩秋から初冬にかけて、赤い実をたくさん付けますね。子沢山の意味があるとのことです」

「これは紫陽花《あじさい》ですね」

「紫陽花はたくさんの花が仲睦《なかむつ》まじく咲くので、仲のいい家族を表します」

「素敵だわ。こちらは朝顔」

「はい。蔓《つる》を伸ばして上へ上へと生長します。蔓をしっかりと支柱に巻き付けますから、固い絆《きずな》で結ばれ成長を続ける家族を示します」

「どれも色数が少ないのにその花らしさが出て、無駄がないところが素晴らしいですね。

ありがとうございます。大切に使わせていただきますから。それにしても杢兵衛さんは、いろんなことをご存じですね」

波乃は手巾を包み直すと、額のまえまで持ちあげて礼を示した。

「お待ちくださいね。すぐお茶を淹《い》れます」

「あ、かまわないでください」

波乃のうしろ姿から目をもどし信吾は言った。

「お酒をと思ったのですが、杢兵衛さんはそれほど強くはなさそうですね」

「むりに呑んだこのまえは、本当に辛かったですよ」

「ところで相談の件ですが、いろいろ気付いた点もありまして。もしかして悩みが解決できるか、でなくてもお役に立てるかと」

「どうにもならないと思っていましたが、さすが相談屋さんだ。餅は餅屋ですね」

つい先日、敏造からもおなじ諺《ことわざ》を聞いていたので、信吾は思わず笑いそうになった。

「ところで先ほど波乃がいただいた手巾ですが、花の配置とか色の配分は、すべて杢兵衛さんが考えられたことでしょうか。てまえが感心したのは、杢兵衛さんのねらいが、実によく波乃に伝わっていることでした」

「職人さんと話しあって決めるのですが、なぜその絵柄と色の組みあわせにしたかがわかっていませんと、うまく伝わりません。こちらの思いがちゃんと伝わると、できた品はお客さまの心を捉えることができます。そこんとこが、職人さんにわかってもらえるかどうかが大本《おおもと》ですから」

「なるほど、奥が深いものなんですね」

一礼した波乃が二人の、そして自分のまえにも湯呑茶碗を置いた。

「あら、どうなさったの。すっかり感心なさったようですけど」

信吾は李兵衛の遣り方を、掻《か》い摘《つま》んで波乃に話した。

「まあ、そうでしたの。でも、その考え方って相談屋の仕事に活《い》かせないかしら」

「お客さまのいらっしゃるまえで、内輪の話は失礼ですよ」

「いや、信吾さん。いい話です。てまえどもに一番大事なのは、その心ですから」

「その心」

「はい。その心」

「なるほど、その心ですね。わかりました。では李兵衛さんからお聞きしたことから、てまえの感じたことをお話しします」

信吾が湯呑茶碗を手に口に含むと、李兵衛も波乃もおなじように含んだ。

「李兵衛さんが二十六歳で笹さんといっしょになっても、三十歳、三十五歳、さらに市右衛門さんが還暦になられても、和泉屋さんを譲ってもらえないのには理由があります」

ずばり核心に触れたので、李兵衛だけでなく波乃も息を呑むのがわかった。

「てまえが市右衛門さんであっても、ためらいますね。ほんのちょっとした、でありながら肝腎なことが欠けていますから」

李兵衛が顔を強張らせるのにかまわず、信吾は続けた。

「李兵衛さん、あなたに欠けているものがおわかりですか。自信です。それと思い切りの良さ。自信と思い切りが足らないため、市右衛門さんは任せる決心が付かないのです」

「ないものは仕方がないでしょう」

「あるではないですか」と、信吾は強く首を振った。「先ほど波乃と話していた職人さんとの遣り取りのように、李兵衛さんには優れたところが、あなたにしかできないことがあるのです。ご自分で気付かないだけで、ほかにもたくさんあるはずです。ところがそれに目を向けようとなさらない。他人の良いところは目に付くのに、自分の良いところには気付かず、悪いところばかりに目が行くのです。それがわかっているから、市右衛門さんは注意できなかったのだと思います。うっかり注意すると、李兵衛さんはますます自信を失うでしょうから」

父市右衛門が悩んでいるように、息子李兵衛も悩んでいる。父が和泉屋を譲らないのは、自分には商人として欠けている部分、特に見た目の悪さのためだと李兵衛が思い詰めてしまったからだ。そのためますます悪いほうへと目が向いて、さらに自信を失うという悪循環に嵌まってしまった。

「二回目にお見えのときに、杢兵衛さんはこんなふうにおっしゃった。市右衛門さんの後妻の徳と、その息子が和泉屋を乗っ取ろうとしている。ご自分が鈍いために気付かなかったが、徳さんが敏造さんの鋭敏さと、杢兵衛さんの凡庸さをことあるごとに市右衛門さんに訴えている。特に杢兵衛さんの失敗を大袈裟に告げ口していると。それを聞いたとき、てまえは信じられなかったのですよ」

なにが、とでも言いたそうに杢兵衛は眉根を寄せた。

二歳から徳の世話を受けた杢兵衛は、嘉代が八歳時に亡くなったため、実母のように徳を慕って育った。徳は杢兵衛と敏造を区別せずに、実の兄弟のように扱ったとのことだ。話を聞く限り二人の仲は良かったようである。

敏造が二十歳前後になると、兄の杢兵衛は少しずつ距離を置き始めた。なぜなら自分は見るからに貧相なのに、弟は次第にいい若者に育っていく。兄は弟に強い劣等感を抱くようになったのではないだろうか。もちろん、そんなことは杢兵衛に言えることではない。

「杢兵衛さんが、徳さんと敏造さんが和泉屋を乗っ取ろうとしていると思うようになったのは、ごく最近だと思います。市右衛門さんは還暦になっても、和泉屋を杢兵衛さんまれまに譲ろうとしなかった。そんなとき通い番頭の悟助から、良からぬことを吹きこまれました。耳を貸すべきではなかったのです。なぜなら自分から、居ても居なくても同様と言うほどの男ですから。李兵衛さんだって、普段なら耳を貸しなどしなかったはずです。ただあのときは、悪いことが重なりすぎていました。そのため悟助から吹きこまれ、まえまえからそう思っていたように思いこまされたのです。いくら内情を知り尽くした古顔であろうと、奉公人がいるところでそんな露骨な話をする後妻がいる訳がありません。自分は火鉢や灰皿、寝ている猫とおなじだと言ったのは、であれば徳さんなら話すかもしれないと李兵衛さんに思わせるための、悟助の策略だと思います。てまえは外にいるから、それがわかるのかもしれません」

そこで長めの間を取ったが、信吾の言うことが腑《ふ》に落ちたらしく、李兵衛が冷静さを取りもどしたのがわかった。

「敏造さんと兄弟喧嘩《げんか》はしたでしょうね。仲がいいほどやりますから。でも子供時分とちがって、大人になって分別が付いてからはなさっていないでしょう」

李兵衛は信吾の目を見詰めたまま、静かにうなずいた。

「もう、おわかりですね。お父さまに話すまえに、敏造さんと話してください。お互いに長所もあれば短所もある。足らない部分、欠けた部分を補いあって、優れたところを出しあい、和泉屋をさらにいい見世にしようではないかと。敏造さんは李兵衛さんの手を握って、兄さんやりましょう、と言うはずです。それから市右衛門さんに二人で話します。おわかりですね」

「兄弟で良い面を出しあい、足らない部分を補ってちゃんとやりますので、和泉屋をわたしと弟に任せてくれませんか」

「よし、任せた。李兵衛がそう言うのを、今日か明日かと待っていたのだ。父上はそうおっしゃるはずです」

李兵衛は目を丸くして信吾と波乃を見た。

「波乃さんは父に寒紅のことを教えてもらったそうですが、信吾さんは父と話したことがあるのですか」

「いえ。話すどころか、お会いしたことすらありません」

「李兵衛がそう言うのを今日か明日かと待っていたのだ、とおっしゃった。その喋り方、父そのものでしたよ」

「ということだから、李兵衛。早く話しに来い。李兵衛と敏造に和泉屋を任せて、わしはやっと還暦が迎えられるのだ」

「その声、喋り方、顔まで父そっくりです」

「喋り方だけでなく顔までそっくりだとすると、てまえは市右衛門さんの隠し子かな」

「信吾さん、そんなことおっしゃったら、お父さまに叱られるまえに、お母さまに親子の縁を切られますよ」

　笑いながらも信吾は思った。あとは杢兵衛次第だが、この男、本番でも力を出し切れるだろうか、と。

八

　杢兵衛と敏造が揃《そろ》ってやって来たのは、三日後の朝の四ツ（十時）ごろであった。ということは、父親の市右衛門に話したということである。柴折戸《しおりど》を押して母屋の庭に入りながら、信吾には一つ気懸かりなことがあった。

　しかし八畳間で二人に対応している波乃と目があったことで、信吾の懸念は急激に弱まった。まず大丈夫だろうと踏んだので、敏造にさり気なく話し掛けた。

「お初にお目に掛かります、敏造さんですね。杢兵衛さんからかねがねお話は」

「あなたが信吾さんでしたか。此度は兄がすっかりお世話になったそうで」

　信吾はひとまず安堵《あんど》した。あのあと兄弟で話しあった折、杢兵衛は「めおと相談屋」や信吾と波乃のことなどを洩らしたのだろう。でなければ、二人が連れ立ってやって来るはずがない。

　ただ敏造が兄のことで信吾に相談したことを杢兵衛は知らないし、知られてもならないので信吾から切り出したのである。敏造は見事に調子をあわせてくれた。

それと二人が来たとき、波乃が宮戸屋に招いてくれた礼を敏造に述べていれば、すべてが打ち壊しになってしまう。波乃はさすがに相談屋の女房で、その辺は心得ていたようだ。

信吾は李兵衛に語り掛けた。

「李兵衛さんの笑顔からしますと、このまえ話されていたことを実行に移されたのですね。李兵衛さんのお考えのとおり、すべてがうまくいったとわかりますよ」

「しかし、あれは信吾さんが」

「てまえの言ったこともありますが、李兵衛さんは敏造さんと話しあわれたのでしょう」

「ええ。まあ」

「あのあとで李兵衛さんはおっしゃったじゃないですか。市右衛門さんにこう宣言する」と、そこで信吾は間を取った。「兄弟で良い面を出しあい、足らない部分を補ってちゃんとやりますので、和泉屋をわたしと弟に任せてくれませんか、と」

敏造がいるため信吾が話し方に気を遣っているのだと、李兵衛はわかったようだ。

「あのとき信吾さんは、こう言われましたよね。『よし、任せた。李兵衛がそう言うのを、今日か明日かと待っていたのだ。父上はそうおっしゃるはずです』と。まさに親父はそう言ったんですよ。敏造も聞いただろ」

李兵衛が念を押すと弟はうなずいた。

「はい。あのときの父のうれしそうな顔は、忘れられません」

「それだけでも驚きなのに、父は信じられないことを言いましてね」

李兵衛が長い間を取ったのは、腹違いの弟敏造のせいかもしれない。実際は事情を知り尽くしていながら、敏造は信吾と李兵衛の遣り取りを、感心しきったように聞いていたからだ。ところが、である。

「あッ、わかりました」

素っ頓狂な声で言ったのは、それまで黙って聞いていた波乃であった。

「ごめんなさい。李兵衛さんの話の腰を折ってしまって」

「なにをおっしゃいますか、波乃さん。おわかりになったことを、是非とも聞かせてくださいよ。めおと相談屋の女主人でしょう」

李兵衛の口が次第に滑らかになってゆく。

「女主人もなにも、夫婦でやっていて、女はあたし一人ではないですか」

「一人であろうとなかろうと、女主人は女主人です」

「それより兄さん。なにがわかったかを、お聞きするのが先ではないですか」

「そうでしたね。失礼しました。波乃さん、なにがおわかりになられたのでしょう」

「このまえ李兵衛さんは、主人の声、喋り方、顔までお父さんにそっくりだとおっしゃったでしょう」

「ええ。あれには正直言って驚きました」

あのとき信吾は、市右衛門がこう言うのではないかと、李兵衛に話したのである。

「ということだから、李兵衛。早く話しに来い。李兵衛と敏造に和泉屋を任せて、わしはやっと還暦が迎えられるのだ」

もしかするとそれに近いことを、市右衛門が言ったのではないかと、波乃はそう感じたのである。波乃が市右衛門の言った言葉を繰り返すと、敏造が李兵衛に言った。

「そう言えば、兄さん。信吾さんの言った前半は、親父さんの呟《つぶや》きか胸の裡でしょうけど、後半はおなじことを言いましたよ。二人が和泉屋をやってくれるなら、わたしはようやく還暦が迎えられるって」

「信吾さん」と、波乃が夫に訊いた。「市右衛門さんがどうして隠居できるではなく、還暦のことをお話しになると思ったのですか」

「なぜだろう。李兵衛さんの話を聞いていて、市右衛門さんが何度も還暦に付いて話していたことが頭に残っていたからかな」

「信吾さんに言われてみると、たしかに父は繰り返し還暦に触れていましたね」

「兄さん。段々と和泉屋の主人らしくなってきましたよ」

「えッ、お決まりになったのですか」

信吾に訊かれて敏造が頭を掻くのを見ながら、杢兵衛は苦笑した。

「お二人だから申しますが、父と相談して決めました。明らかにするのは来年の年明けですので、内輪の話としておいてください」

「それはおめでとうございます」

信吾が祝いを述べると、波乃も満面の笑みとなった。

「よかったですね、お二人とも」

「まだ日にちは決まっていませんが、宮戸屋さんに親類縁者、取引先と親しい同業を招いて、父が明らかにすることになりました」

杢兵衛が和泉屋を引き継いであるじとなり、弟敏造を一番番頭として、市右衛門は隠居するとのことだ。

「実はもう一つありましてね」と、杢兵衛は敏造を見てにやりと笑った。「弟が嫁を取ることになりましたので、その発表も兼ねることになります」

「それはおめでとうございます」

信吾と波乃は声を揃えて言った。

「慶《よろこ》びは重なると申しますから、まだまだいい事が続くかもしれませんね」

そう言えば通い番頭の悟助がそう言っていたと、杢兵衛が話したのを信吾は思い出した。二十六歳になった敏造の嫁取りが決まったので、母親の徳が還暦になった市右衛門に、なんとしても敏造を跡取りだと言わせたいから、工作していると悟助は言ったのだ。

　悟助は主人夫婦の傍《そば》にいて洩れ聞いたことを、悪い情報として杢兵衛に吹きこんだということである。

「敏造の祝儀の日が決まりましたらお知らせしますので、お二人で出席を願います」

「そうしますと、てまえどもはどういう資格と申しますか、関係で参列させていただくことになるのでしょう」

　杢兵衛と敏造は顔を見あわせたが、おおきくうなずいたのは杢兵衛であった。

「杢兵衛と敏造兄弟の共通の親友、ということでいかがでしょう」

「本来なら相談役としたいところですが」と敏造が言った。「その若さで相談役となると、周りの者がふしぎに思ってあれこれ訊こうとするでしょうから、わずらわしいですものね。親友が照れくさければ、単に友人として」

「もちろん、てまえどもにはとやかく申す気は微塵《みじん》もありません。お招きいただけるなら、とてもありがたいことでございます」

「ということで決まりましたからには、これを受け取っていただかなくては」

　杢兵衛は懐から紙包みを取り出して、信吾と波乃のまえに押し出した。

「ですが杢兵衛さん。最初の日に、手付として二分いただいておりますよ。終わってから精算ということで」

「あれはほんの挨拶代わりですのでそのままにして、こちらもお納めください」

「なんだか二重取りしているようで、てまえはまるで悪徳商人ですね」

「悪徳商人さま、どうかお笑いください。一人としてはやや多く、二人分では少ないという微妙な謝礼、いや、相談料ですので」

「ではありがたくいただきます」

信吾は紙包みを額のまえまであげてから、懐に収めた。

「改めなくてもいいのですか。あとになって、まさかこれっぽっち、と思われるのも辛いですから」

「多寡ではなく、お二人のお気持が大切です。それよりも、今後のお付きあいを願いたいですね」

紆余曲折《うよきよくせつ》はあったものの、李兵衛から受けた相談は概《おお》ね、本人の納得する形で解決できたと思う。

腹違いでありながら実の兄弟以上に仲のいい二人を送り出してから、紙包みを開くと十五両が入っていた。とすると十両が兄李兵衛、五両が弟敏造からということだろうか。

しかし信吾は通い番頭の悟助の言動から、李兵衛に対してある程度の解決法を教示できた。だがそれは決定的なものではなく、敏造に招かれた宮戸屋での遣り取りで確定したのである。だから真の解決者は敏造と言えなくもない。

だがそれを話しても、敏造は一笑に付すだろう。この兄弟二人とは長い、おそらく生涯を通じての付きあいができそうである。とすれば敏造に報いる機会はいくらでもあるはずだ。

そう言えば年が明けると李兵衛があるじ、敏造が一番番頭として、和泉屋は新たな体制になると聞いている。しかも敏造は妻を娶るとのことだった。であれば、そのときの祝いの品に心を籠めるとしよう。

まだ間はある。波乃とも相談して、新所帯《あらじょたい》の二人に心から喜んでもらえる物を選べばいい。ここにきて信吾は、めおと相談屋が確かな形を成してきたと実感できたのであった。

「波乃大明神、いっしょになって一年半をすぎたのに、なにもしてあげられなかった。せめてこれは着物を買うなり、好きにしてもらっていいです」

「なにをおっしゃるのですか。でしたらこれは、困っている人のために使いましょう」

そのために信吾は相談屋を開いたのである。自分の伴侶の良さを、改めて感じさせられたのであった。

新しい親子

一

九月十七日の昼すぎのことである。乳を吞《の》ませに来たムメが、幸吉を家に連れ帰りたいと言ったので、波乃は夕刻まで預かってもらうことにした。

それでようやく名付親の巌哲和尚を訪れて、波乃の懐妊を報告することができたのである。両親に言われていたこともあるが、仲人の武蔵屋彦三郎夫妻に報告し、その足で訪れたとき巌哲は不在であった。波乃の懐妊を小坊主の学哲《がくてつ》に伝える訳にもいかないので、出直すしかなかったのだ。

「それはめでたい。子は宝と言うからな」

和尚はとても喜んでくれたが、ふと遠くを見る目になった。

「信吾もついに親となるか」

巌哲は感慨深げにそう言った。

詳しくは知らないが、巌哲は理不尽な事情で妻と息子を喪《うしな》い、武士を棄《す》てて僧になったらしい。亡くした息子の名が信吾であった。もう一年半近く前になるだろうか、瓦版書きの天眼《てんがん》が洩《も》らしたのである。

天眼はもっと知りたがると思っていたようだが、信吾にすればその事実だけで十分であった。和尚本人からならともかく、他人から経緯《いきさつ》を聞いても仕方がない。

その巌哲が正右衛門に、初子の名付親を頼まれたとき信吾と名付けた。息子と共通するなにかを感じたからか、わが了の生まれ変わりと見たのかまではわからない。

そのためかどうかはともかく、巌哲は信吾に厳しくはあったものの、温かく見守ってくれている気がする。この人といっしょになりますと報告したとき、巌哲は長いあいだ波乃を凝視してから、満面に笑みを浮かべた。いい人を選んだと認めてくれたのだ。

「実を申すとそろそろではないかと、指折り数えて楽しみにしておったのだ」

信吾は思わず噴き出したが、すぐに謝って理由を説明した。

「失礼しました。つい先日、波乃の姉に男の子が生まれましたが、それを知った祖母が次は波乃が子宝を授かる番だと、和尚さまとおなじことを言っておりましたので」

「指折り数えて楽しみに、か。愚僧が咲江どのとおなじことを言ったとならば、信吾が笑うのもむりはないな」と、苦笑してから巌哲は波乃に言った。「姉御に男児出生《しゅっしょう》とは二重の慶事で、ご両親はさぞやお喜びであろう。心よりお祝い申す」

「ありがとうございます、和尚さま。春秋堂はこれまで何代も女の子が続いたのですが、今回は男の子なので父も母もたいへんな喜びようでした」

「ところが、もう一人できましてね」

　信吾がそう言うと、和尚は怪訝《けげん》でならぬという顔になった。

「これは異なことを言う。子はひと腹に一人と決まったものだ。もっとも双子もなきにしもあらずではあるが。それよりも、波乃どのは腹に宿したばかりであろう。なのに、できましたとは解せん」

「はい、和尚さま。実はここ数日ですね」

　思いもしないできごとが続いたことを、信吾と波乃は和尚に話したのである。

　誠と三吉の「捨子行」を観《み》た翌朝、伝言箱の下に生まれて間もない赤子が捨てられていた。赤子の名は幸吉だとわかったが、引き取りに来るまで面倒を見てもらいたいと、信吾と波乃宛の親の手紙が入っていたのである。

　これもなにかの縁《えにし》だから、二人で育てましょうと波乃は言った。実の親が引き取りに来ると二人宛の手紙にあったので、せめてそれまでは責任を持って育てる。そして来られない場合は、養子とするということだ。

　ところが、火が付いたように泣き出した幸吉に、二人は狼狽《ろうばい》してなにもできなかったのである。しかし空腹が原因と見抜いた甚兵衛の尽力で、隣の三好町に住むムメから貰《もら》い乳《ち》できるようになった。

　波乃のうろたえ振りやムメとの遣《や》り取《と》りを聞いた巌哲は、腹を抱えて笑った。

「失礼します」と声を掛けたのは、小坊主の学哲である。「お茶をお持ち致しました」

「ご苦労」

三人のまえに湯呑茶碗《ゆのみぢゃわん》を置き、一礼した学哲が姿を消すのを待ってから巌哲が言った。

「学哲にまで土産をもろうたそうだな」

信吾は母の繁に和尚のために下り酒を一升徳利《いっしょうどっくり》に詰めてもらったが、学哲には好物の両国屋清左衛門《せいざえもん》の大仏餅を買って来たことを言っているのだ。

「ご両親や大女将《おおおかみ》は反対せなんだか」

捨子のことが気にならない訳がない。

「それがまだ知らないものですから。母と祖母は宮戸屋の昼と夜の客入れの合間に、黒船町の借家に姿を見せていました。ところが九月の中旬でいろいろな講のお客さまが多くて忙しいらしく、ここ数日はどちらも来ておりません」

毎日のように顔を見せていた母と祖母だが、幸吉が捨てられていた十四日から十六日までは姿を見せなかった。いくらなんでも十七日の今日は来るだろうと思っていたが、予想は裏切られたのである。

だから母と祖母だけでなく、父にも弟の正吾にも幸吉のことは知られていなかった。

「捨子を育てるとなると、家族に黙っておる訳にはゆくまい」

「はい。なるべく早く」

和尚は一升徳利に目をやった。

「宮戸屋へ寄ったのであろう」

であれば、どうして話さなかったのだと目が訊いている。

「ええ、でも長くなるでしょうから、腰を据えてじっくり話さなければと」

「それもそうだが、事情を知ればご両親や咲江どのはすんなり受《う》け容《い》れぬかもしれん」

「わたしもそう思います。ですが和尚さま、今日が十七日ということは、生まれた日を入れて九日目ですからね。捨てられたのが生まれて六日目でしたから、そんな赤子を見捨てることはできないではありませんか」

「生後六日目か。捨子は、生まれて一年から三年くらいが多いと聞いていたが」

「なぜでしょう」

そう訊《き》いたのは信吾ではなく波乃であった。

「生まれた当座は、赤子が吸わねば乳が張ってどうしようもないという。それもあって踏ん切りがつかぬのかもしれん」

「はい。生まれて十日後に子供さんを亡くされたムメさんが、近所にいらしたのです。お乳をもらえることになりましたが、乳が張って痛くてたまらないとのことでした」

「それを承知していながら六日目に捨てたということは、日が経《た》つにつれ情が移ってどうしようもなくなることがわかっているので、心を鬼にしても捨てるしかなかったのだ。

となると初子ではないな。生後六日目か」

和尚が黙ったのは、あれこれ計算していたからのようだ。

「九日の生まれということは重陽だな」

巌哲が思案するような顔になったので、信吾はつい口にしていた。

「それがなにか」

「ゆえに捨てられたとも思えぬが」

信吾と波乃が顔を見あわせたのは、巌哲の言った意味がわからなかったからだ。和尚もそれに気付いたようであった。

「わが邦《くに》では菊が咲く季節ということもあって、九月九日は菊の節句と呼ばれておるな」

うなずいたが、ますます訳がわからない。

「陰陽《おんみよう》思想では奇数は陽で偶数は陰とされていて、九月九日は陽の九が重なるので、重陽と呼ばれておる」

巌哲によるとこういうことであった。

奇数の重なる月日は陽の気が強すぎるため不吉とされ、それを払う行事として節句がおこなわれた。

一月一日は元日。年初を祝う日なので、七日の人日《じんじつ》を七草の節句とした。三月三日は上巳《じょうし》。桃の節句、雛祭《ひなまつ》り。桃と雛から女児の祝い日とされている。五月五日は端午。鯉《こい》のぼりを掲げ、五月人形や兜《かぶと》を飾り男児の節句となった。七月七日は七夕。年に一度この夜牽牛《けんぎゅう》と織女、つまり彦星《ひこぼし》と織姫が天の川を渡って会うとされている。

九は一桁の数のうち最大の陽なので、重陽は特に負担のおおきい節句と考えられていた。陽数が重なると災いが起こりやすく不吉だとのことで、邪気を払う風習が根付いたのである。無病息災や子孫繁栄を願い、祝いの宴を開いたのが起源とのことだ。

「九月九日生まれは不吉なので、捨てられたということでしょうか。手紙には手は尽くしたがどうしようもできなくなったので、と書かれていました」

「ああ、それが捨てざるを得なかった理由であろう。重陽が不吉だと知っておる者はあまりというか、まずいないだろうからな。一月一日は屠蘇《とそ》を呑み、お節《せち》や雑煮を食べる。三月三日の上巳には雛を祭って雛あられや菱餅《ひしもち》を供え、白酒やチラシ寿司《ずし》を楽しむ。五月五日の端午には、武者人形や兜を飾って粽《ちまき》を喰《く》う。七月七日の七夕には、笹竹《ささだけ》に願い事を記した短冊を飾って祝うであろう。麺を織姫の糸に見立て、素麺《そうめん》を食べる所もあるらしい。邪気を払う行事が、ときとともに姿を変えたということだ。いつの間にかと言うか、かなり以前から陽の重なりを吉祥と捉えるようになった。ゆえに重陽も祝い日となっておるのだ」

「名前は幸吉ですから、親としては幸と吉を重ねたかったのだと思います」

「それもある意味で重陽だな」

「なるほど。知っていたなら思いを籠め、知らなかったとしても知らぬままに、親の願いが籠められていたのですね」

「よいか、信吾と波乃。育てると覚悟を決めたならば、わが子として育てよ。ただ、物事には流れがある。それに逆らってはならぬ」

「と申されますと」

「気にするほどのことはない。周りの声に振《ふ》り廻《まわ》されることなく、いかにすれば幸吉が幸と吉を得られるかを、頭に置いておりさえすれば誤ることはなかろう。二人が力をあわせば、乗り切れぬことはあるまい。だがどうしようもなくなれば、わしの顔を思い出してくれよ」

和尚は照れながら相談に来いと言ったのだ。同時に「今日はこれまで」と言われた気がしたので、信吾は波乃をうながして退出した。

おまえたちならできる。だから幸吉が幸せになれるよう、自分たちの思いに従ってやれ。やってやれぬことはないと思っておるぞ、と言われたに等しい。であれば相談には行かずにすむようちゃんとやって、こうなりましたからと報告に行けるようにしよう。いや、なんとしてもそうしたい。

寺からもどると、波乃は三好町のムメのもとに幸吉を受け取りに行き、信吾は将棋会所に顔を出したが、そろそろ客の帰り始める時刻であった。

二

夜の食事を終え、常吉が番犬の餌を入れた皿を持って将棋会所にもどると、信吾と波乃は幸吉を寝かせた八畳間に移った。

「乳を呑むのと眠るのが赤ん坊の仕事だとムメさんは言っていたが、まさにそのとおりだね」

幸吉にたっぷりと乳を呑ませると、ムメは襁褓《むつき》を取り換えてくれた。そして幸吉と、夜中に呑ませる乳を入れた二合徳利を波乃に渡したのである。至れり尽くせりであった。

「あんなふうにムメさんは言っていましたけど、やはりお礼はしなければね」

掻巻《かいまき》を折り畳んだ寝床ですやすやと眠る幸吉を見ながら、波乃がそう言ったのには理由があった。甚兵衛に連れられて貰い乳に行ったとき、お礼をしなければと言うときっぱりとムメに断られたのだ。だからと言って波乃としてはそのままではすませられない。

「それは考えているよ。ムメさんが断れないようにした上で、反物を贈ろうと思う」

翌十八日、朝食を終えた常吉が番犬の餌を持って会所にもどると、波乃が信吾に言った。

「お乳を呑ませてもらいに、ムメさんとこへ幸吉を連れて行きますね。毎日、朝昼晩と三度三度来てもらうのは申し訳ないですもの」

「ああ、よろしく言っといておくれ。念のため襁褓を持って行ったほうがいいだろう」

幸吉を抱いた波乃が出掛けると、信吾はかなり溜《た》まった手控帳の整理を始めた。

如月《きさらぎ》（旧暦二月）の半ばころ狂歌の宗匠柳風《りゅうふう》に紹介されたと言って、志吾郎《しごろう》と名乗る若い男が将棋会所「駒形」にやって来た。初めての客には席亭が相手をするとの理由で、信吾は志吾郎と対局した。力量だけでなく、性格や考え方などがわかるので、信吾は大抵そうしていたのである。

柳風もそうだが志吾郎も頭陀袋《ずだぶくろ》を常に持ち歩いていた。話していても「ちょっと失礼」と断って、頭陀袋から手控帳を出し、矢立の筆でなにかを書き入れる。

将棋の腕はたいしたことはなかったが、志吾郎はなかなかの話し上手で、聞き上手でもあった。将棋や将棋会所のこと、またどういう人が強くなるかなどをさり気なく訊くのだが、強くなりたいとか楽しみたいという気持があまり感じられない。

志吾郎が帰ったあとで、常連たちもふしぎな人だと話していた。暇潰しに来る客もいないではないが、席料を払う以上だれだって強くなりたいはずである。それだけに、勝負に淡白な志吾郎はどうしても目立ってしまう。将棋会所を開きたくて探りに来たのではないか、などの意見が出たほどであった。

二度目にやって来たとき、信吾は志吾郎が話したそうだったので母屋に連れて行った。そこで初めて何者かがわかったのである。

志吾郎は日本橋本町《ほんちょう》三丁目にある書肆《しょし》「耕人堂《こうじんどう》」で、前の年に二十三歳という異例の若さで昇格したばかりの番頭であった。ということは、信吾より二歳年上の二十四歳である。

将棋上達法の本を出したくて、近ごろ増えてきた将棋会所を巡り、席亭や将棋指したちの話を聞きながら書き手を探していたのだ。柳風もその候補の一人であったが、志吾郎が白羽の矢を立てたのは信吾である。

将棋会所を営んでいるので多くの将棋指しに接しており、強者と弱者の長所と欠点がよく見えていること。だがそれよりも、話の進め方が理路整然としていて、無駄がない点を評価したのかもしれない。

自分が手控えを取るようになって、信吾は柳風と志吾郎が常に頭陀袋と手控帳を持ち歩いている理由がわかった。柳風は狂歌に関する思い付きや言葉などを、志吾郎も本にできそうな情報や閃《ひらめ》きを書き付けていた。いつどこで思い付くかわからないので、常に持ち歩いていたのである。

信吾は下手《したて》に出てうまく聞き出す志吾郎の術に嵌《は》まり、気が付くと将棋上達法の本を書くことを約束させられていた。相談屋のあるじで将棋会所の席亭でもあって多忙なので、半年ほどの短期で書いていただこうとは思っていない。二年か三年掛かってもいいと言われたが、となるとなんとしても一年くらいで書きあげたい。準備を始めたが、あっという間に七ヶ月目に入っていた。

その手控えがかなりの量になったので、項目別に整理を始めた段階であった。整理を始めると重複した部分がかなりあり、信吾にはわかっていてもほかの人には理解しにくい箇所もあった。

そろそろ客も来ただろうから、信吾が将棋会所に顔を出さねばと思っていると波乃が帰って来た。ところが幸吉を抱いていない。

「幸吉は」

思わず訊いたが、波乃の答はどこととなくすっきりしなかった。

「ムメさんに、置いていってくれないかと頼まれたの。お昼のお乳を呑ませてから、連れて行くからと言われて」

「昨日も昼すぎから夕方まで預かってもらっただろう。ムメさんに負担を掛けちゃまずいんじゃないのか」

「そう言いましたけどね。相談屋と将棋会所をやっている上に、炊事に掃除に洗濯、針仕事なんかもあるからたいへんだろうって。だから言ったんですよ。相談屋はお客さんが来なければ暇だし、将棋会所は主人がやっていてあたしは顔出しをしないからって。でもあたしゃ暇を持て余しているから、この子がいると気が休まるのよ、とムメさんに言われたら」

「むりに連れて帰れないなあ」

「でしょう。これからも、お乳を吞ませてもらっているあいだは、幸吉は行ったり来たりになるかもしれませんね」

時間になったので信吾は将棋会所に顔を出したが、昼になって常吉と交替し、食事にもどると波乃が浮かぬ顔をしていた。

幸吉がいるあいだは、眠っているのがわかっているのに、なにをしていても気になってならなかった。自分でも滑稽なほどであったが、ムメに預けていると心に穴が開いたようで、妙に虚《むな》しくてならないと言うのだ。

「十日でお子さんを亡くしたムメさんは、あたしどころではなかったと思うの。だからこれからは、ムメさんの言うことはなるべく聞いてあげなければと」

そう言っているところにムメがやって来た。

「たっぷりと吞ませたから、夕方まで起きないと思うよ。本当に元気ですなおで、扱いやすい子だわ、幸吉は」

後半が湿っぽく感じられたのは、十日で亡くなった自分の子供と幸吉を、つい比較し

かった。

「ほんじゃ、晩ご飯食べたころに、お乳呑ませに来るからね」

吹っ切るようにしてムメは帰って行ったが、そのうしろ姿が寂しそうに見えてならなかった。

亭主は腕のいい大工だとのことだが、そんなムメをどう見ているのだろうか。頼まれて乳を与えていることは知っているはずだし、大工は遅くとも七ツ（四時）には仕事を終えるので、昨日はムメが幸吉をあやしているのを見たはずである。

ムメを見送ったあと、信吾と波乃は搔巻の寝床で眠る幸吉を見ていた。

「庭から失礼するよ」

声とともに沓脱石《くつぬぎいし》からあがって来たのは、祖母の咲江であった。例によって八ツ（二時）すぎである。すぐに幸吉に気付いたが、二人が見守っていたのだから当然だろう。

「おや、赤さんだね。だれかに頼まれて預かったのかい」

「え、ええ」

頼まれて預かったのは事実だから、そう答えるしかない。

「生まれて十日ほどのようだね。まだ半月にはならないと思うけど」

眠っている幸吉をしばらく見てから、咲江はそう言った。

「生まれた日を入れて今日で十日目です。だけど、どうしてわかるのですか」

「顔の黄味が消えているもの」

信吾と波乃が顔を見あわせたのを見て、咲江は笑った。

「まだ先の話だものね、二人には。だったら憶《おぼ》えておき。赤ん坊は生まれて二日か三日で白目、目の白いところが黄色くなるんだよ。肌も次第に黄色くなって四、五日が山で、七日から十日で肌色にもどるのさ。だから気にすることはないの」

「白目や肌が黄色くなるのですか。知らなかったらびっくりしますね」

波乃がそう言うと咲江はうなずいた。

「赤ん坊にもよるけど、かなり濃い黄色になることもあるからね。そういうことは、産婆さんが教えてくれるから心配には及ばんさ。だけどあまり長く預かるんじゃないよ。生まれて間もない赤ん坊は、なにがあるかわからないからね。変なことになって、二人のせいにされてはたまらないだろ」

またしても二人は顔を見あわせた。

「長くなりそうなのかい。だからって生まれたばかりの赤子を置いて、夫婦で」とそこで言葉を切ってから、咲江はまじまじと二人を見た。「もしかして、訳ありの子かい」

二人が答えられないでいると、咲江は呆《あき》れたというふうに首を振った。

「捨子だね」

こうなれば正直に打ち明けるしかない。

ペー助と誠たちの「捨子行」競演のことは抜きにして、幸吉の今日に至るまでを、信吾は打ち明けた。

黙ったまま聞いていた咲江は、信吾が話し終えるとおおきな溜息《ためいき》を吐《つ》き、黙って手を突き出した。祖母がなぜそうしたのかわからなかったが、ようやく思い至った。

信吾は文箱《ふばこ》を開け、籠に入れられていた幸吉の親の手紙を見せた。幸吉という名前のほかは平仮名で、ミミズの這《は》うような字で綴《つづ》られている。咲江は顔をしかめて斜め読みし、それから念入りに読み返した。

「甚兵衛さんに言われて自身番屋に届けたのはいいとして、十四日の朝に捨てられていたなら、今日で丸五日じゃないか。なぜ宮戸屋に報《しら》せなかったんだい」

「ええ。そろそろ話さなければと」

「そろそろだって。呆れて物も言えないとはこのことだよ。一等最初にすることでしょうが。阿部川町さんにだって」

阿部川町とは、波乃の実家の楽器商「春秋堂」のことである。信吾たちは順にと考えていたが、咲江はとんでもないと言った。

「信吾が世間知らずと思われるならともかく、宮戸屋が恥を掻《か》くことになるんだからね。それに甚兵衛さんや、貰い乳をしているムメさんにお礼をしなければならないだろう」

「それなんですがね」

ムメの示した強烈な拒絶を話すと、咲江はそれに関しては認めざるを得なかったようだ。

「しょうがないからムメさんはあと廻しってことにしても、甚兵衛さんにはちゃんとしなきゃ。なぜなら大家さんでしょうが。二人で相談屋をやっているんだから、少しは世間的な常識ってことを考えなさい。あたしゃ心配で見てられないよ」

信吾には堪《こた》えることばかりだったが、特に相談屋云々《うんぬん》は強《きつ》かった。

「夜のお客さんを迎える準備があるから帰るけれど、もう少し大人になってもらわなきゃ、こちらは気が休まらないよ」

「すみません。気を付けるようにします」

大黒柱の鈴が二度鳴ったのは、常吉が対局希望のお客さまありを報せて来たのである。それを潮に信吾は将棋会所に移った。

例によって席亭と挑戦者との対局となると、常連たちが盤を取り巻くことになる。ところが祖母のこともあってか信吾は集中心を欠き、勝つには勝ったがたいへん苦戦した。対局相手が帰ったあとで、どうもいつもの席亭さんらしくなかったですねと、甚兵衛や桝屋良作に呆れられたほどであった。

三

その夜、五ツ（八時）の鐘の鳴るまえに、信吾の両親がやって来た。

まだ宮戸屋の仕事中なのに、二人が揃《そろ》ってやって来るなど初めてのことだ。しかもすごい剣幕であった。

最初に宮戸屋に報告しなければならないのに、呆れて物も言えないと祖母の咲江に言われ、信吾はまさにそのとおりだと思っていた。だから波乃と話しあい、両親に謝って、ここに到《いた》った経緯や二人の考えを話そうと思っていた矢先であった。

会食と即席料理の宮戸屋では、五ツになればあるじと女将を筆頭に、仲居たちが揃って客を送り出す。料理屋にとっての決まり事だが、それをやらずに来たのだから、両親は信吾の思っている以上に激昂《げっこう》しているということであった。

「これから伺おうと思っていたところです。大事な話がありますから、客出しの時刻のあとで聞いていただこうと思って」

そう言った信吾を一瞥《いちべつ》しただけで、碌《ろく》に言葉を返すこともしない。正右衛門と繁は先に立って六畳間を突っ切り、八畳の表座敷に入った。あわてて立ちあがって挨拶した波乃には、軽く会釈しただけである。二人は祖母の咲江から聞いて赤ん坊を見に来たのだ。

行灯《あんどん》のほの明るさの中で、幸吉は安らかに眠っている。父と母は少し離れて坐《すわ》ると、赤ん坊に冷ややかと言ってもいい目を向けた。

「十四日に捨てられていたのに、なぜすぐに知らせなかった」

「このことについてはじっくり話さなければなりませんが、朝と夜の客入れまえは、見世がなにかとあわただしいですから」

「夜があるではないか」

「あれこれと片付けがありますし、それにお疲れでしょうから」

苦しい弁解なのはわかっているが、両親を刺激せずに話を聞いてもらうしかない。

「そういう言い訳が通ると思っているのか。それにこういう重大事なら、こっちだって時間の都合は付ける。徹夜になろうと、ちゃんと話さねばならんことだからな」

「ですから、これから伺おうと」

「今日で五日目だぞ。当日がむりならせめて翌日には報せるべきなのに、よくも五日もほったらかしにしていたものだ」

「赤ん坊が腹を空かせて泣くものですから貰い乳しなければなりませんし、朝昼晩の三度、来てもらうか波乃が抱いて乳を呑ませてもらいに」

「緊急のことだ。なにも二人で来なくても、信吾一人で来ればいいではないか」

「言い訳になりますが、相談事を解決するために何人ものあいだを行ったり来たりしていまして」

宮戸川ペー助と誠たちの「捨子行」競演のために信吾は奔走していたのだが、父は聞く耳を持たないだろうと思う間もなく雷が落ちた。

「まさに言い訳だ。相談屋である以上、客の悩みを解決せねばならんのはわかっとる。だが、そのまえに処理すべき自分の問題をほったらかしにしておいて、相談屋だと胸を張って言えるのか」

父の言うとおりなので反論の余地もない。

「その日のうちに自身番屋に届けたのは感心だが、その足でなぜ宮戸屋に報告に来なんだ」

「たしかに信吾の落ち度ではありますけれど」と、母が父を宥《なだ》めるように言った。「自分の住まいに捨子されたら、だれだってうろたえてしまいますし、とてもおだやかではいられませんよ」

母が助け舟を出したためか、父の興奮はいくらかではあるが和らいだようだ。

「届け出たのは上出来だが、信吾の考えではなかったようだな」

「甚兵衛さんが捨子は届けておかねばと」

「さすがは甚兵衛さんだけのことはある」

「老舗のご隠居さんですものね」

「信吾と波乃さんにたしかめておきたいが、二人はまさか養子にしようと思っているのではないだろうな」

「養子にはできません」

「当然だ」

父の表情が幾分かでも和んだのは、養子にするかどうかが一番知りたかったからのようだ。来春には自分たちの子供が生まれるというのに、捨子を養子になどとんでもないことだと言いたいのだろう。

「それに、したくてもできませんから」

「なにが言いたいのだ、信吾は。できるのであれば、養子にしたいと言うのか」

厳しさよりも戸惑いのほうが強く、父の顔を覆った。

「きっと引き取りにまいりますと書いてあったのに、引き取りに来たら子供は養子になっていたでは、話にならないではありませんか」

「では訊くが、はいたしかに、と相手と約束したのか」

詭弁《きべん》である。子を捨てる親が人に姿を見せる訳がないとなれば、どうして約束できようか。信吾はまさかと思って、まじまじと正右衛門を見たが父は真顔である。

「約束できる訳がないじゃありませんか、直接子供を渡されたのではないのですから」

「わかり切ったことを言うな。親が引き取りに来れば、養子先を教えればすむことだ。

自身番屋で手続きをするのだから、住まいを控えておけばいい。知らせようと思ったのですが、お住まいがわかりませんでしたからと言って、養子先を教えればすべてのケリが付く」

「だって住まいがわからないのは当たりまえでしょう。住まいを書いたら、だれが捨てたかわかるじゃないですか」

「無責任な相手には、連絡のしようがなかったを押し通せばいい。養子先が決まるまで世話しただけでも、親は感謝しなければならないのだからな。あとは養子先の親と、子を捨てた実の親が話しあうしかない。お役人だって、住まいを書いてなかったので連絡できなんだ、で認めてくれる。それ以上あれこれ言うことはない。世の中はそういうもんだ」

「あの、お茶を淹《い》れますね」

波乃がそう言ったのは、重い雰囲気をいくらかでも変えようとしたのか、あるいは本人が息苦しくなったからかもしれない。

「ありがとう。でも、いいわ、咽喉《のど》は渇いちゃいませんから」

波乃が腰を浮かし掛けると、母が言下に断った。それに父が同意する。

「大事な話をしているところだから、波乃さんにも聞いてもらわないと」

両親の息はピタリとあっていた。父が言った。

「信吾んとこに捨てたら育ててくれるとわかれば、次々と捨てるかもしれんぞ」

「まさか」

思わず笑った信吾を正右衛門は睨《にら》み付けた。

「もちろんすぐにではないが、人の口に戸は閉《た》てられん。こういうことは、なぜか知られてしまうものなのだ」

「それもあっと言う間にね」

母がぴしゃりと決め付けた。

「まさか」

「また、まさかかい。まさかがまさかでなくなるから言っているのよ、母さんは」

「二人目三人目が捨てられていたら、育てる気なのか。一人目だけ拾って、二人目三人目をそのままにしておくって訳にはいかんぞ」

幸吉のことで頭がいっぱいだったので、信吾はそんなことは考えてもいなかった。父は容赦しない。

「捨てた親が引き取りに来ると信じたとは、呆れたものだ。捨子をする親がどういう所に捨てるか知っているのか、信吾は」

「どういう所って」

「まちがいなく引き取ってくれる所だ。だから信吾んとこが選ばれた。人の悩みの相談に乗ろうとしている者が、よもや捨てたり他所《よそ》に廻したりするとは思えんからな」

　引き取るようにして母が言った。

「捨子をする親は、ちゃんと育ててくれる人かどうかを見抜くの。子供の生き死にが掛かっているのだから、当然ってことはわかるでしょう。それとお金に困っていない、というか余裕のある家のまえに捨てるものなのですよ。おおきな商家のまえに捨てることが多いのは、養子に収まれば、暖簾《りれん》分けしてもらえるかもしれないからね。運が良ければ、その商家のあるじに収まることだってあるのだから。それは夢物語だとしても、一生棟割長屋住まいとはたいへんなちがいだわ。悪くても、育てて見世で使ってくれるでしょう。だから貧乏人の家のまえには捨てません」

「だって、母さん。うちは相談屋で、品物を商っている訳じゃないから商家とは言えません。それに金なんてありませんよ。相談屋ではやっていけないので、将棋会所の日銭を当てにしているくらいですからね」

　母がなにか言い掛けて口を噤《つぐ》んだのは、背後に浅草一と言われる老舗料理屋の「宮戸屋」と、江戸でも有数の楽器商「春秋堂」が控えているとの意味だったのだろう。つまり双方の親や家族にたいへんな迷惑を掛けかねないと、言葉にこそしなかったが言ったも同然であった。「春秋堂」の次女波乃をまえにしては、さすがにそこまで言うのを憚《はばか》ったにちがいない。

かったな」

「養子縁組をしたいという人がいたら、すぐ手続きをして引き取ってもらうように。わかったな」

「実の親が引き取りに来るのだから、養子には出せないと言ったでしょう。そんなひどいことを言わずに、赤ん坊の顔を見てくださいよ。こんな幼気《いたいけ》な、しかも可愛《かわい》い顔を見たら、血の通っている人ならなんとかしてやろうと思うはずです」

「だれだって生まれたときは可愛い。生まれたときから、極悪人や莫連女《ばくれんおんな》という訳ではないのだ」

「氏より育ちということですか」

「そういうことだな」

自分に落ち度があると思ったから我慢していたが、さすがに限界に達していた。

「でしたらわたしと波乃で、ちゃんとした人間に育てあげますから」

両親は一瞬だが目をあわせた。やはりと思ったが、母の繁がそれまでとは別人のようにおだやかな顔と声で言った。

「信吾、どうしたというの。おまえはもっとすなおないい子、じゃなかったわね。お嫁さんをもらったのだから、いい大人だわね。それに信吾は、そんなふうに意地を張るような」

信吾は強引に母の続きを言った。

「子ではなかった、でしょう。ですがね、母さん。父さんもですが、こちらのことをなにも聞かずに、頭ごなしになにからなにまで駄目だと言われては、意地の一つも張りたくなるではありませんか」

「おまえがまともな人間ならするはずがないことを始めたから、注意をうながすために少し強く言ったかもしれん。では、聞こう」

「聞こうもなにも、これまでの遣り取りで、埋めようのない溝があることがわかりました。これ以上続けてもむだだと思いますけど」

そのとき突然、搔巻の寝床で眠っていた幸吉が泣き始めた。それも伝言箱の下に捨てられていた日、目が醒《さ》めて空腹と濡《ぬ》れた襁褓を気味悪がって泣いた、あのときとおなじすさまじい泣き声であった。幸吉は拳を握り締めた両手を振りながら、顔中をくしゃくしゃにして泣き叫ぶ。

父と母は顔を強張《こわば》らせていた。波乃があわてて抱きあげ、話し掛けながらあやし始める。

「ごめんなさい、幸吉。急におおきな声がしたので驚いたのね。だけどもう大丈夫よ」

波乃の声に安心したのか、泣き声は次第に治まってゆく。それを見て鼻白んだのか、正右衛門は繫をうながして立ちあがった。信吾は、幸吉を抱いたまま立ちあがろうとするので制したが、波乃は玄関まで従って義父と義母に深々と頭をさげた。

「お構いもしませんで、失礼いたしました」

「いいえ。こちらこそ急に押し掛けて、すまなかったわね」

母の言い方はぎこちなかった。

「こちらも言いすぎたかもしれんが」と、正右衛門が信吾に言った。「おまえも冷静になって考え直すように」

それには答えず、信吾は頭をさげて両親を見送った。


「あんなに驚いたことはありません。親子のあいだで火花が飛び散るのは、信吾さんといっしょになって初めて見ましたから」

八畳間にもどって、静かになった幸吉を搔巻に寝かせながら波乃が言った。

「波乃が驚くのもむりはないよ。わたしだってあんな両親を見たのは初めてだからね。幸吉がいいところで泣いてくれたので助かったけれど」

「でもお二人が特別なのではなくて、世間では普通なのかもしれませんよ」

「事情を知ったら、両親や祖母がすんなり受け容れないかもしれないと、巌哲和尚が言っていた」

「和尚さまはどうなるかわかっていながら、控え目におっしゃったのでしょうね」

「だけど和尚は、周りの声に振り廻されず、いかにすれば幸吉が幸と吉を得られるかを頭に置けば、誤ることはないと言っておられたじゃないか」

「それはそうとして、いくらなんでもあれはまずかったのではないですか、信吾さん」

波乃が指摘したのは、信吾がこんな可愛い顔を見たら、血の通っている人ならなんとかしてやろうと思うはずだと言ったことに対してであった。

「ご両親には血が通っていない、血も涙もないと言ったことになりませんか」

言われてみるとまさにそのとおりである。

「売り言葉に買い言葉と言うけれど、カッとなってつい言ってしまった。親だからいいけど、いやいくら親でもよくないか。相談屋にとっては禁句だったね。気を付けなければ」

それにしても、これほどややこしく次々と問題が起きるとは、信吾は考えてもいなかったのである。

四

翌朝、信吾と波乃は食事を終えると阿部川町の春秋堂を訪れた。前夜、信吾の両親が驚いて駆け付けたこともあるが、将棋客たちにも知られたとなると、遅かれ早かれ波乃の両親や姉夫妻も知ることになる。正右衛門と繁の興奮振りがひどかっただけに、おなじ轍《てつ》を踏んではならないと思ったからだ。

信吾はなるべく淡々と事実に沿って話した。

「小耳に挟んだので気になっていたのですがね」と、善次郎《ぜんじろう》が言った。「で、宮戸屋さんはご存じなのですか」

やはり耳にしていたが、となると気を揉《も》んでいたことだろう。

「はい。いくら事情が事情だといってもと呆れられましたが、親が引き取りに来るまでは仕方がないだろうと。わたしたちも、絶対に迷惑を掛けないようにと思っております」

それは春秋堂さんに対しても、との意味を籠めて信吾は話したつもりだ。善次郎の言った「ご存じ」の意味はわかっていたが、信吾は不安を与えないために嘘《うそ》を吐いた。両親は知ってはいたが、認めた訳ではなかったからだ。もし双方の親が話す機会があっても、事情がはっきりしない段階で父や母がそれに触れるはずがないと思ったからである。

「波乃もこれからは、なにかとたいへんですからね」

ヨネの言外に、「よくも大事な娘に苦労をさせて」との意味を、信吾は感じない訳にはいかなかった。勘の鋭い波乃にそれがわからぬはずがなく、さらりと躱《かわ》した。

「姉さんも軽かったので、あたしもツワリは軽いと思うの」

「なんとか乗り切れると思いますが、なにかあれば相談に乗ってください」

乗り切れると思うと信吾が言ったのは、波乃が出産に至るまでと、捨子の幸吉に付いてである。善次郎にヨネ、そして姉の花江はあれこれ訊きたそうであったが、長居は無用であった。取《と》り敢《あ》えず報告のみでということで、早々に切りあげたのである。

黒船町への帰り道、信吾は波乃に言った。

「今日はどちらが来るだろう。母か祖母か」

「でも、お忙しいんじゃないですか」

「峠は越えたはずだ。だから昨日は祖母が昼間、母というか両親が夜やって来た。二人とも気にしているだろうから、どちらも来ないってことはないと思う。来るとすればやはり祖母だろうな」

「あら、なぜでしょう」

「母の考えなのか、父に言われたからあんなふうに言ったのかわからないけど、こちらの考えを無視して頭ごなしだったから、さすがに気まずいと思うんだ。だから来るとすれば祖母だと思う。母は祖母にそれとなくようすを聞いて、大丈夫だと見極めてからやって来そうな気がする」

八ツをすぎてほどなく、大黒柈の鈴が来客ありを告げた。

柴折戸《しおりど》を押して母屋の庭に入ると、表の八畳間で波乃が談笑している相手は祖母の咲江であった。信吾が波乃に「だろ」というふうに目交ぜすると、咲江は目ざとく気付いたようだが、笑っただけでそれについて触れることはなかった。

「信吾があそこまで頑固だとは思いもしなかったが、まったく呆れたやつだと正右衛門が言っていましたよ」と、信吾が坐るなり咲江が言った。「信吾が正吾より自分の血を濃く引いているってことが、わかってないんだろうね、あの子は」

老舗料理屋の主人も、母親にかかると「あの子」だから形無しである。

「わたしは父さんほど頑固じゃありません」

波乃が噴き出すと、「ほらね」と咲江が言った。

「なんですか、二人で笑って」

「正右衛門に、まったくおまえも信吾も頑固なんだからと言ったら」

「父さんがこう言ったんでしょ、わたしは信吾ほど頑固じゃありません」

「親子だねえ。声だけでなく、喋《しゃべ》り方までそっくりだ」

「そんなに頑固な声と喋り方でしたか」

波乃だけでなく、咲江までもが馬鹿笑いになってしまった。

「あーあ、おかしかった」と、咲江は手巾《しゅきん》で目頭を押さえた。「笑いすぎてしまったじゃないか。波乃さんや、悪いけど水を一杯おくれでないか」

「はい。水よりお茶にしましょうか」

「水がいいよ」

波乃は笑いながらお勝手に消えた。

「父さんと母さんはまだ怒っていますか」

「信吾もよくなかったんだよ。捨子があったのが十四日で、あたしが知ったのが丸四日後の昨日だからねえ。そんな大事なことを長いあいだ連絡しなかったもんだから、そっちのほうに腹を立てているのさ。父親の自分にはなにも言わずに、息子夫婦が捨子の面倒を見ているのを知ってカッとなったんだろうね」

「隠していた訳じゃないですよ。ほかにもいろいろあってバタバタしていましたから」

たまたま「捨子行」競演を実現させるのとぶつかってしまったのだが、今さらそれを話しても仕方がない。大笑いしながら聞いたあとで、咲江ならきっと「そんなお金にならないことに振り廻されて」と言うだろう。

しかし今回のことは仕事だから、相談料は払うと蟻坂吉兵衛は言った。もっともいくらかは聞いていない。祖母ならきっと「いつ、いくらもらえるか、はっきりしておかなきゃ駄目だよ」と言うに決まっている。

その祖母が言った。

「ものごとはおおきいこと、大事なことから順にすまさなきゃ。相談屋の仕事をやっているなら、なおさらだと思うけど」

昨日の母に負けず劣らずで、祖母も強いことを言う。しかし母娘《おやこ》ではなくて、姑《しゅうとめ》と嫁なので血は繋《つな》がってはいない。長いあいだ料理屋の女将と大女将をやってきたので、影響しあったのだろう。

「子供は奥の六畳間に寝かしているのかい」

それに答えたのは波乃であった。

「貰い乳をしている方がお昼に乳を呑ませに来てくれたとき、夕方まで連れて帰っていいかと言われまして」

水を入れた湯呑茶碗を受け取ると、咲江は軽く波乃に頭をさげてから訊いた。

「預けたのだね」

「はい。昨日も預かってもらいましたし、連れて帰りたいと言われたら駄目とは言えなくなって」

「なにもないとは思うけど、具合が悪くなったとき、どちらのせいでなどと、こじれないようにしなきゃ」

「ご自分の子供を亡くされた方ですから、その辺りは気を付けてくださると思います」

波乃にうなずいて見せると、咲江は信吾に言った。

「ところで幸吉だけど、本気で育てるつもりだね」

「もちろんです」

「二人目三人目が捨てられてもかい」

「昨日、父さんに言われたときには、考えたこともなかったのでぼんやりとしてしまいましたが、あのあとで考えがはっきりしました。育てます」

「ほどなく波乃さんに赤さんが生まれる。それだけでも大変なのに、どこのだれの子だともわからないのに育てる気なんだね」

「それがわたしの役目ですから」

「波乃さんはどうなんだい」

「いっしょに育てます」

「おやおや、一人二人ならともかく、十人二十人ってこともあるかもしれない」

「まさか。そうだとしても一人ずつでしょう。十人一度に捨てられる訳がありませんからね。すでに捨てられていたら、おなじ場所に二人目は捨てられないですよ。第一、伝言箱の下に余分な場所はないですから」

「呆れたもんだ」

「祖母《おばあ》さまは強がりだと思っているでしょうけど、わたしは真剣です」

きっぱり言うと、咲江はじっと信吾を見てから言った。

「やはり、あれかね」

「ええ、あれですよ」

波乃は戸惑ったような顔になったが、いっしょになるまえに話しておいたことなので、すぐに思い出したようである。

信吾は三歳で大病を患い、三日三晩も高熱に苦しめられた。掛かり付けの源庵《げんあん》先生が匙《さじ》を投げるほどであったが、奇跡的に快癒したのである。

成長するにつれて信吾は、自分は神か仏か知らぬが、おおきな力によって生かされたと思うようになった。いや、そうとしか思えなかったのだ。世の困っている人、悩んでいる人の役に立つように生かされたのだ、と。

相談屋を開いたのもそのためだった。無料の相談所にすると、人が気楽に出入りするかもしれない。しかし相談屋として金を取れば、本当に困った人しか来ないだろうと思ったからである。

そのような信吾が、親が困り抜いた末に捨てなければならなかった子供を、見て見ぬ振りなどできる訳がない。

「信吾がすぐに正右衛門と繁に話しておけば、納得はしないとしても、二人があそこまで頑《かたく》なになることはなかっただろう。こうなると根競《こんくら》べだね」

「根競べですか」

「昨夜《ゆうべ》の遣り取りは聞いたけれど、正右衛門は珍しく憤慨していたよ。あそこまでこじれると簡単にはいかない。意地もあるだろうからね。わたしは信吾ほど頑固じゃありませんと言っていたけれど、ということは頑固だと認めたことになりゃしないかね」

「信吾ほど頑固じゃないけれど頑固だ、ということですものね。さすがに老舗料理屋の大女将だけのことはあって鋭い」

「父と息子が、絶対にあっちのほうが頑固だと言いあっているのだから、これほど滑稽な親子はないよね、波乃さん」

「あら、なんと答えたらいいのでしょう」

波乃は目顔で信吾に助けを求めた。

「そういうときに言うことは決まっているのさ。男の子は母親に似て女の子は父親に似るそうですけど、義父《おとう》さまはどなたに似たのでしょう」

「さすが相談屋の若主人」

咲江が老舗料理屋の大女将らしく受け流したので、信吾も波乃も大笑いとなった。

ひとしきり笑ってから、咲江は真顔にもどった。

「繁はおまえたちと幸吉のことが気になってしょうがないはずだから、なにかと理由を作ってやって来ると思うよ。だから幸吉は、自分の子供のように真剣に育ててるところを見せることだね。そして段々と認めさせていくしかないだろう。それとあまり思い詰めないで、どんなふうにだってできるのだから、くらいに気楽に考えていたほうがいいよ」

「どういうことでしょう」

「捨子を引き取って面倒を見ても、親がかならず引き取りに来るとはかぎらない」

「引き取りたくてもできないこともあるでしょうから、それは覚悟しています」

「だからと言って、全員を養子にするのもどうかと思うの。信吾と波乃さんの子も生まれる訳だし、養子にしたからといってだれもが幸せになれるとはかぎらない」

「たしかにそうですが」

「五人も六人も面倒を見ていれば噂《うわさ》になって、養子にもらいたいと言って来る人がいるかもしれないだろ。だから捨子で可哀相《かわいそう》だから引き取って世話しているということにして、二人の養子にする手続きはしないほうがいい。信吾や波乃さんより、その子にとってふさわしい親が現れるかもしれないからね。毎日、世話しておれば子供のことはよくわかるだろうから、その子が一番幸せになれそうな親に世話することだよ」

「そんな難問は解けそうにありません」

「そうかね。猫が六匹仔《こ》を生みましたが、一匹もらってくれませんか。そう言われたら、信吾はどういうふうに仔猫を選ぶのだい」

「そりゃよく見て、可愛くて利口そうなのを」

「波乃さんは」

　その訊きようからすれば、咲江が信吾の答に満足していないということだろう。

「仔猫に選んでもらうと、いいと思います」

「えッ、どういうことだい」

波乃の答えは信吾の意表を衝《つ》いた。

「初めは見知らぬ人だから警戒するかもしれませんけれど、四半刻《しはんとき》（約三〇分）もいっしょにいたら、次第に慣れてくると思います。この人はいいなと思ったら、仔猫のほうから近寄って来て、甘えたり、膝の上で眠ったりするかもしれません。その仔猫をもらえばまちがいないと思います。つまり人が選ぶのではなくて、仔猫に選んでもらったほうが仲良くできると思いますけど」

「だからって、養子縁組に応用できるとは思えないけどな。猫と人間をおなじように考える訳にはいかないだろう」

パチパチと手を叩《たた》いたのは咲江である。二人が呆気に取られていると、咲江は何度もうなずいて見せた。

「おまえたちは本当にいい夫婦、絶妙の取りあわせだね。信吾は少し理屈っぽすぎるところがなくはないけど、相談屋としてはそれくらいが丁度いいんだろう。波乃さんの柔らかな、柔らかすぎるほどの考え方と、お互いがうまく補いあっていると思うよ」

「いや、補ってもらっているのはわたしのほうです。ちゃんとしているみたいで、いつもどこか変で」

「あたしはすぐに考えていることがぐしゃぐしゃになるので、信吾さんに整理してもらっています」

二人はほとんど同時に言ったが、どうやら咲江は聞き分けられたようだ。あるいはその振りをしただけかもしれない。

「ほら、ご覧。補いあっているじゃないか」

「なんだか、うまく言《い》い包《くる》められた気がしてなりませんよ」

「波乃さんは思い付きがとてもいいね」

「そうでしょうか。苦し紛れでなんとか」

「とてもいいけど難点があってね」

「あら、どういうことでしょうか」

「六匹すべてがこの人がいいと、波乃さんに擦り寄ってきたらどうするんだい」

「おなじ兄弟姉妹でありながら、性格も好みもまるでちがうことが多いですから、六匹ぜんぶが寄って来るとは思えませんけれど」

「なるほど、たしかにそうだわね」

「それに、もしそうなら六匹全部もらいますよ。波乃が好かれたってことですから」

「あたしゃ何人もの面倒を見ながら、養子縁組をしろと言っているのではないのだよ。そんな考え方もあるってこと。なに、心配することはないさ。二人で話しあいながらやって行けば大丈夫だと思うけれど、それでも迷ったら相談に乗るからね」

　信吾と波乃は顔を見あわせて笑った。

「どうしたのさ。なにがおかしいのだい」

「巌哲和尚からも、おなじようなことを言われたんですよ。どうしようもなくなれば、わしの顔を思い出してくれよって」

「それだけ頼りなく見えるのだと思います、あたしたち」

「それでいいんだよ。あたしも巌哲和尚も、といっしょにしてしまっては和尚に失礼だね。あたしゃ若いころはなにもわからなくて、思い迷って、失敗を繰り返していた。今ごろになってようやく、あのころより少しは見えるってことなんだから」

「だから酸いも甘いも嚙《か》み分けたお年寄りは、尊重しなきゃならないということですよ」

「そうでもないから世の中はおもしろいのさ。物事をいくら知っていても駄目だね」

「なぜですか」

「それを活《い》かす知恵が足りないから、宝の持ち腐れの年寄りがほとんどだよ」

「祖母さまのお話を伺っていると、なにもかもすっきりと見えます」

「てことだから割り切らなきゃ。幸吉のことだってそうだよ。自分の子供であって自分の子供ではない、自分の子供ではないけれど自分の子供なんだ。それくらいおおらかに、ゆったりしたほうがいいと思うんだけどね」
「祖母さんは達人だな。言葉では到底かなわないけど」と、信吾は言った。「真剣で立ちあっても負けそうな気がしますよ」
「馬鹿をお言いでないよ」

五

翌朝、信吾は鎖双棍《くさりそうこん》のブン廻しを終えると、棒術の攻防で汗を流した常吉に、柔術の組み手を指導した。するといつもより早めに、食事の用意ができたと波乃が呼びに来たのである。理由はどうやら、少しでも早く幸吉を受け取りに行きたいからであったようだ。

前日の昼すぎ、幸吉に乳を呑ませたムメが夕方まで連れ帰ってもいいかと訊いたので、波乃は断れずに預けた。夕方になっても来ないので心配していたら、夜になってムメは幸吉を抱いてやって来た。

そのときたまたま来客がいて、しかも相当に酔っていたのである。酔っぱらいは声がおおきいので幸吉は眠れないだろうし、まちがいがあってはならないからと、それを理由にムメは幸吉を連れ帰ったのだ。

食べ終わると茶を呑んだが、波乃はそれも早々に切りあげた。水を張った手桶《ておけ》に碗や皿を入れ、洗うのをあとまわしにして、そそくさと出て行ったのである。

信吾が手控帳の整理をしていると、幸吉を抱いた波乃がもどったが元気がない。「ただいまもどりました」と言って、掻巻を折り畳んだ寝床に幸吉を寝かせると、器の洗いと片付けを始めた。

水音がしなくなってても一向にもどる気配がないのでようすを見に行くと、洗い場でぼんやりと突っ立っている。

「ムメさんになにか言われたのか」

「いいえ」

うしろを向いたまま波乃は返辞した。

「元気がなくて、まるで波乃らしくないぞ」

「ごめんなさい。なんでもありませんから、お仕事をなさってください」

振り返ることもせずに波乃は言ったが、となるとなにもなかったとは思えない。土間におりて横に立つと、波乃は信吾に背を向けた。肩に手を置いてゆっくりと振り向かせると、目に涙を浮かべている。

「涙ほど波乃に似あわないものはないよ」

「あたしすっかり自信をなくしました」

となると幸吉のことしか考えられない。

「ムメさんに一晩預かってもらったお礼を言って、幸吉を受け取ろうとしましたらね」

幸吉がムメにしがみ付いたのである。

「さあ、おうちに帰りましょう」

なにを言われたかわからないはずなのに、ますますしがみ付くので、ムメは申し訳なさそうな顔になった。

「お迎えが来たから帰るのよ。また今度おっぱいをあげるからね」

ムメが波乃に渡そうと引き離しにかかると、幸吉はとうとう泣き出した。

「困ったわね。お昼まで預かろうか。こっちはかまわないけど」

時間が経つほど、受け取るときにますます泣くにちがいない。

「でも、頼まれて預かっているのはあたしたちですから」

だったら仕方ないわねとでも言いたげに、ムメは嫌がる幸吉を引き離そうとした。ところが幸吉はちいさな五本の指で、ムメの親指をまるで命綱でもあるかのように摑《つか》み、なんとか離すと素早く中指を握る。波乃も幸吉の指を摑んで引き離そうとしたが、握る力はとても赤ん坊とは思えぬほど強かった。二人掛かりでもぎ取るようにして、波乃は泣き喚《わめ》く幸吉を受け取ったのである。

波乃に抱き取られた幸吉は、ちいさな手をムメのほうに伸ばしながら泣いてむずがった。しかし腹いっぱい乳を呑んだあとでもあり、波乃がしばらく抱いたまま揺らしていると、次第に静かになり、間もなく寝息を立て始めた。

「だから、取り敢えずもどりましたけれど」

幸吉が自分よりムメに懐いているのが明らかになったのだから、波乃にすれば堪《たま》らなく辛《つら》く寂しいにちがいない。

「ムメさんに懐いて波乃を拒んでいる訳じゃない。今の幸吉にとって一番大事なのはお乳だからね。昨日の昼の乳を呑ませてから連れ帰り、夜の乳を呑ませて連れて来たら、酔った客がいたのでムメさんは連れ帰った。夜中に二度か三度か呑ませ、朝に呑ませたところに波乃が受け取りに行ったんだ。ムメさんはおっぱいから呑ませてくれるけれど、波乃は夜中に何回か、真綿を縛り付けた箸で吸わせるだけだもの。とても敵《かな》う訳がないよ。幸吉は今はなにもわからないけど、もっとおおきくなれば次第にわかるようになるさ」

「次第にって、どのくらいですか」

問われて答えられるものではない。

「あたしたちの子供が生まれてお乳がたっぷり出れば、ムメさんからもらわずにすみますけれど、ずっと先ですものね。あたしは実家《さと》で産むつもりですが、お産の前後の幸吉のお乳はどうしましょう。花江姉さん、二人分出るといいのだけど」

波乃は女性としては大柄でふっくらしているが、瓜実顔《うりざねがお》で雛人形に似た顔の花江は、どちらかと言えば華奢《きゃしゃ》である。そのためかどうか、ひと月ほどの早産だった。乳も元太郎に与える分で精いっぱいかもしれない。

「だとすれば、幸吉はムメさんに預けるしかないですものね」

となると幸吉は、ますますムメから離れなくなるだろう。何事も思ったようにはゆかぬものだ。

「ムメさんに預けるのを断れば、お乳をもらえなくなるでしょうか。毎回、幸吉にあんな辛い思いをさせたくないわ」

幸吉以上に辛い思いをしなければならないのは、受け取りに行く波乃なのだ。

「だからと言って、お子さんを亡くされたムメさんにもういいですと断れないだろう。こちらが困っているときに、頼んで貰い乳してるんだから」

「そうなんですよね。それにムメさんはとてもいい方だし」

「自分の子供であって自分の子供ではない、自分の子供ではないけれど自分の子供なんだ。祖母はそれくらいおおらかに、ゆったりしたほうがいいと言ったけど、そんな気楽なことは言っていられないね。いくら気持の上ではそうあるべきだと思っても」

「割り切らなきゃいけないんでしょうけど、どう割り切ったらいいのか、あたしわからないわ」

将棋会所と母屋を分ける生垣に設けた柴折戸が軋《きし》む音がしたと思うと、庭先に常吉が姿を見せた。

「席亭さん。対局ご希望のお客さまが」

「はい。わかりました」

常吉は八畳間を覗《のぞ》きこむようにしてから引き返した。幸吉を引き取ってからというもの、常吉は大黒柱の鈴で合図せず、直接伝えに来ることが多くなった。幸吉はほとんど眠っているが、それでも気になってならないらしい。

「あまり深刻にならないほうがいいよ」

気休めにもならないのはわかっているが、そう言い残して信吾は将棋会所に出向いた。

対局中、信吾はほとんど上の空であった。

信吾と波乃は幸吉の親が引き取りに来るまで育てる覚悟でいたし、万が一来ない場合は自分たちの養子にするつもりであった。しかし先刻の、幸吉が自分よりムメに懐いたことがわかったときの波乃の、寂しくてたまらない顔を見ると気持がぐらついてしまう。

この先、その傾向がますます加速することはまちがいないが、かと言ってほかの乳母を探す訳にもいかない。ムメが牛後十日で子供を亡くしたことを知っているし、今日まで乳を呑ませてもらったのである。七ヶ月ほどすれば自分たちの子供も生まれるとなると、それまで、そして子供が生まれてから、波乃は心の均衡を失わずにいられるだろうか。

にわかに暗雲が垂れこめたような思いに、信吾は囚《とら》われた。

「席亭さん、なにか悩み事があるのではないですか」

対局相手が帰ったあとで、将棋客の桝屋良作が言った。

「えッ、なぜですか」

「いや、いつものような席亭さんらしい切れ、鋭さがありませんでしたからね。そういえばここんとこ、なんとなく冴《さ》えないのではないですか」


その日の午後八ツをすぎてほどなく、祖母の咲江が言っていたとおり母の繁がやって来た。大黒柱の鈴の合図で信吾が母屋にもどったときには、八畳間で眠る幸吉をあいだにして、和気藹々《わきあいあい》と波乃と談笑していた。

「あれ、串団子だね」

信吾の言葉に答えたのは母だった。

「ご常連さんからのいただき物だけど、漉《こ》し餡《あん》がとてもおいしいの」

「数が半端じゃないですか」

信吾がそう言ったのは五本だったたからだが、それに答えたのも母だった。

「二本ずつお食べなさい」

「一本余るけど、お母さんの分ですか」

「あたしはもういただきました。それは生まれて来る赤さんの分ですよ。代わりに波乃さんに食べてもらおうと思ってね」

二日前に父といっしょに来て頭ごなしにやりこめたことなど、まるでなかったかのようであった。

あのあとで両親は、信吾と波乃の扱い方を話しあったと思われる。現実の厳しさを突き付けておいたので、二人もよもや軽はずみなことはしないだろう。またこれからはなにかあれば宮戸屋に報告に来るはずだ、と判断した可能性が高い。

黒船町の借家に押し掛けたときには、幸吉を目のまえにしたこともあり、その報告がされていなかったことに対して激怒したのだ。しかし黒船町から東仲町の宮戸屋に帰るあいだに、次第に冷静さを取りもどしたのではないだろうか。

波乃も幸吉が自分よりムメに懐いていることで気に病んでいるのに、そんなことは曖気《おくび》にも出さない。それにしても女はすごいと信吾は思った。自分にはとてもそんな芸当はできそうにないからだ。

その後も母と波乃は、以前のように屈託のない晴れ晴れとした顔で、他愛ない話題に花を咲かせた。

母は二日前のことは気にしなくていいのよと、それとなく伝えに来たらしい。そろそろ将棋会所にもどろうかなと思っていると、大黒柱の鈴が二度鳴った。

常吉が庭から報せに来なかったのは、宮戸屋の女将が来ているのを知ってのことだろう。常吉は宮戸屋の小僧であったが、信吾が将棋会所を開いたとき、父正右衛門が雑用をさせるため付けてくれたのである。

「対局のお客さんがお見えのようだから、わたしは会所にもどります。母さん、ゆっくりしていってください」

「そうもいかないのよ、夜の団体さんのための用意をしなきゃね」

信吾は急ぎ会所にもどった。


あるいはこれは小康状態であろうか。それとも鬱陶しい梅雨の晴れ間、でなければ嵐のまえの静けさかもしれない。

父は激怒したものの、今日の母の接し方から見て、しばらくはようすを見ようということのようである。それだけに信吾と波乃は、幸吉のことできちんと結果を出さなければならないと思う。

幸吉に関して信吾は、波乃の辛さをいくらかではあっても軽減する方法を思い付いた。まずムメに対しては少し遠慮してもらうつもりだ。朝や午後に連れ帰りはしても、夜から朝までいっしょにすごすことは、諦めてもらわねばならない。

それと波乃が引き取りに行くときは、乳を呑ませた幸吉を寝かせておいてもらえばいいだろう。そうすれば波乃が眠った幸吉を抱き帰るだけだから、ムメを求めて泣き叫ぶことはなくなる。波乃も先日のような、いたたまれない思いをせずにすむはずだ。

六

「信吾は毎朝《まいちょう》、そのような鍛錬をやっておるのか」

二十六日、朝の六ツ（六時）をすぎたばかりのことである。蟻坂吉兵衛の声だとわかったが、鎖双棍のブン廻しの途中で振り返ることはできない。うっかりすれば大怪我《おおけが》ですまなくなるからだ。右手で持った柄に捻《ひね》りを加えると、連なった鎖の先にあるもう片方の柄が空中で止まり、落ちて来たので左手で摑む。

母屋の角に身を隠すようにして立っていた吉兵衛が、信吾のほうへやって来た。

「お武家さまに見られては恥ずかしい。猿真似《さるまね》、猿芝居でございますよ。護身の術《すべ》ですが、体が鈍らぬように毎朝続けております」

言いながら鎖を柄の長さに折り畳み、細紐《ほそひも》で縛った。

「護身の具とは申せ、途轍《とてつ》もない威力があるな」

番方（武官）ならともかく、代々が役方（文官）の家系でもあり、吉兵衛はそれ以上の興味を示さなかった。顔がむくんでいるのは、どうやら酒がすぎたためらしい。

「こんなに早く、どうなさいました。そう言えば、昨夜は『捨子行』の競演でしたね」

「そのことで礼にまいったのだ」

「礼だなんて。てまえは蟻坂さまのお役に立てればと」

話しながら沓脱石からあがり、二人は八畳間に座を占めた。

「信吾のお蔭《かげ》で長月会は大成功でな。蟻坂は若いにかかわらず目の付け所がいいと、おおいに面目を施した」

吉兵衛は懐から紙包みを取り出して、信吾に差し出した。

「些少《さしょう》ではあるが、幇間《たいこもち》と猿曳《さるひ》きへの口利き料としての謝礼、いや、ここは相談屋ゆえ相談料であるな」

頭をさげて受け取ったがかなり重い。

「武士は笑うものではない。笑うとしても三日に一度、片頬を緩めるほどにしておけ。口を開けて笑うなどもってのほかだと、幼時より口を極めて言い聞かされて育ったが」

「禁を破ってお笑いに」

「それどころか、留守居役たちは咽喉の奥まで見せて大笑いよ。前半が悲痛極まりないだけに、捨てねばならなかったわが子が酒徳利《さかどくり》に変わったことで、溜まりに溜まった痛苦が一瞬にして笑いに転換するのであろうな。だれが考えたか知らぬが、よくぞあれだけの知恵が出たものだ」

ぺー助に言えばどれほど喜ぶことだろう。

「信吾のお蔭でわしは散々褒められたが、深読みどのには見抜かれてしもうた」

留守居役たちの纏《まと》め役《やく》は渾名を「深読み」と言って、文字どおり深い読みで世の中を渡って来たという猛者だ。

「若干の知恵にしては、若干ではあるができすぎだ。どうやら背後に諸葛亮《しょかつりょう》がいそうだ、とな」

「若干」はそれが口癖の蟻坂の渾名《あだな》で、諸葛亮は蜀《しょく》の劉備《りゅうび》の軍師、参謀、知恵袋として知られる諸葛孔明《こうめい》である。

「で、蟻坂さまはなんとお答えに」

「さすが深読みどのの読みは深い。諸葛亮は輪廻《りんね》転生《てんしょう》の末この大江戸に生まれ変わっておりますが、その人物と某《それがし》は昵懇《じっこん》の間柄でして。そう受け流すと爆笑となった」

蟻坂は懐からもう一つ包みを出して、信吾に渡そうとする。

「先ほど、いただきましたが」

「先《せん》のは藩からだ。若干ではあるが、これはわしからの礼ゆえ取ってくれ」

武士が一旦言ったことに、町人がいただけませんとは言えない。

「ありがたく」

受け取ったが、こちらも重い。

蟻坂は長い溜息を吐いてから言った。

「近いうちに、のんびりと呑みたいものであるな。信吾と波乃どのと三人で」

蟻坂は体の右側に置いてあった大刀《たち》を摑んで立ちあがり、腰帯に差しながら言った。

「もしかして、御酒《ごしゅ》がすぎたのではございませんか」と言いながら、湯呑茶碗を載せた波乃が現れた。「苦いほど濃く淹れましたから、少しは酔いも醒めるのではないかと」

「これはかたじけない。来たばかりだが藩邸にもどらねばならぬのだ。すまじきものは宮仕え、とはよくぞ申したものよ」

波乃から湯呑茶碗を受け取ると、蟻坂は一気に飲み干した。

「おお、茶の苦みが酔いを消し去ってくれたわ」

蟻坂と供の若党や中間を見送ると、波乃は朝食の準備のためにお勝手へと消えた。小僧の常吉が腹を空《す》かしていることだろう。


将棋会所に出向いてほどなく、金龍山浅草寺弁天山の時の鐘が五ツ（八時）を打ち始めた。鐘音が鳴り止《なや》まぬうちに、大黒柱の鈴が二回、二度続けて鳴った。来客ありだ。

母屋にもどると八畳間にいたのは猿曳きの誠と猿の三吉であった。にこやかな顔の波乃が傍《そば》に控えている。

一人と一匹が揃ってお辞儀をした。顔をあげた誠は、酔いが残っているのか赤い顔をしている。三吉の顔は誠より赤いが、これは酔いのためではない。

「大成功だったようですね」

「なぜそう言えるんだね、信さん」

「顔を見ればわかりますよ。いい芸を見せることができた、と顔に出ています」

――それだけ単純だってことさ。

――静かにしてろ、三吉。

「信さんは相談屋だけあってお見通しだね。お蔭で御留守居役たちに散々呑まされた。こっちはペー助さんと二人なのに、向こうは七人もいるからたまったもんじゃない。お蔭で深酒しちまった」

「競演の話を伺いたいわ」

待ちかねていたように波乃が訊いた。

「甲乙付け難しとの評をいただきやしたが、どうやらおめでたい席らしいので、総花式ってことでしょうね」

「すると、ご祝儀もたっぷりと」

えへへと笑って誠はそれには答えなかった。

――演じたのはおいらなのに、祝儀はあっちだからね。

——そのうち、いいこともあるさ。

「誠さんと三吉から、お礼にお菓子の詰めあわせをいただきました」

波乃が横に置いた包みを示した。

——おいらの名も出してくれたんだから、さすがに波乃さんはわかっているよ。

「なんだか申し訳ないですね。わたしは誠さんと三吉、それにペー助さんの芸を、目の肥えた御留守居役さんたちに見てもらいたかっただけなのに」

「さて、今日も昼すぎと夜に座敷でしてね」

——売れっ子は辛いなあ。

誠が右肩を叩くと三吉が駆けのぼった。通し稽古を確認しておかねばならないのでと言って、誠たちは帰って行った。

「ペー助さんが来るだろうから、将棋会所に行かずにここで待つとするよ」

「だって、ペー助さんにもご都合が」

ところが四ツ（十時）ごろ大黒柱の鈴が鳴ったのでもどると、赤い顔をした幇間の宮戸川ペー助が待っていた。

無花果《いちじく》を詰めあわせた土産をもらい、これまた長月会の話を聞かせてもらった。額は言わなかったが、二人ともほかでは考えられぬほどの祝儀を懐にしたようである。

大名家の江戸留守居役たちの集まりで長月会の幹事になった蟻坂吉兵衛に、なにか妙案はないかと信吾は相談された。宮戸川ペー助、そして猿曳きの誠と猿の三吉による「捨子行」競演を、信吾は思い付いたのである。

だが双方が売れっ子というだけでなく、いろいろと困難が絡まって、散々難航することになった。それでも信吾の奔走で、二十五日に日本橋浮世小路の百川楼での競演が実現した。

信吾は波乃と見学させてもらいたかったが、大名家の留守居役の宴席に町人を列席させてくれる訳がない。ところがペー助を贔屓《ひいき》にしている恵比寿屋多左衛門が新しい取引先の布袋屋に、おなじ競演を見せることになった。

ペー助の多左衛門への働き掛けで、信吾と波乃はその宴席に招かれたのである。それが二十五日におこなわれた、蟻坂が幹事となった長月会の三日後の二十八日のことだ。

そして待望の二十八日になった。

胸を躍らせながら、信吾と波乃は教えられた料理屋に向かった。

多左衛門は布袋屋と信吾たちの紹介を終えると、「なにもおっしゃらずに芸を観ていただきましょう」とだけ言って、あとは無言を通した。

ペー助が先に演じたのは、原正弘の「棄兒行」を座敷芸「捨子行」としたのが自分だという自負があるからだろう。さらにおなじ場で競えば生き物と子供には勝てぬと言われているが、ならば自分が覆して見せるとの思いがあったからにちがいない。

信吾はペー助から聞いてはいたが、その芸を実際に観るのは初めてだったので感嘆した。驚かされたのは目を皿のように見開いた誠が、瞬きもせずにペー助の芸を喰い入るように見ていたことだ。それ以上に驚いたのは、猿の三吉がまるで誠とおなじ目になって、幇間の芸を見ていたことである。

誠と三吉の「捨子行」は、一度見せてもらっている。やることはおなじだが、猿が演じるというだけで同一の悲劇がまったくちがった貌《かお》を見せた。持ち味のちがう両者がおなじ物語を演じればおもしろいものができるだろう、くらいに信吾は思っていたのである。それを遥《はる》かに超えるおもしろさで、留守居役たちが大笑いしたというのが納得できたのだった。

総花的に甲乙付け難しとの評をいただいたと誠は言っていたが、まさにどちらが優れているとは決めようがないと信吾は思った。それにしても幇間の宮戸川ペー助、そして誠と三吉はおなじ「捨子行」を演じたのに、その味わいと滑稽さは、比較する気が起こらぬほど独自の世界を創りあげていたのである。

先に芸を終えた宮戸川ペー助をすぐ横に控えさせ、恵比寿屋多左衛門は演じ終えた誠と三吉を招き寄せた。ペー助と誠にたっぷりとした包みの祝儀を与えてから、多左衛門は布袋屋に微笑《ほほえ》み掛けた。

「いかがでしたか、布袋屋さん」

「眼福を得ました。素晴らしい芸で、てまえも同業や取引先に見せて自慢したくなりましたよ」

「ぜひ、そうなさってください。幇間に猿曳きとなると、普通の人は片方にすら縁がないでしょう。ところがこちらの信吾さんは、双方を説得して競演を実現させたとのことでしてね。てまえもお会いするのは初めてですが、お若いのに驚きました。おそらく白髪か禿頭《とくとう》の老爺《ろうや》、若くても初老だと思っておりましたのでね。信吾さんご夫妻は黒船町で、『めおと相談屋』と将棋会所『駒形』を営んでらっしゃる。そこでぺー助と誠を交えて、布袋屋さんと楽しい話ができるのではと思いましてね」

「毎度ながら恵比寿屋さんのご趣向には、感服いたしますよ。こういう機会はまずないでしょうから、是非とも伺いたいです」

「まず信吾さんは、誠とはどのようにして知りあわれましたかな」

多左衛門が先に誠を持ち出したのは、ぺー助のことは贔屓にしてよく知っているからだろう。

「猿屋町代地の通りを歩いていましたら、猿の三吉がてまえの腰にしがみ付きましてね。誠さんとはそれがきっかけで」

そう言って信吾は誠をうながした。

「あっしが魂消《たまげ》たのは、信吾さんが猿曳きや猿の芸に付いてはほとんどご存じでないのに、生き物の心と言いますか、考えていることがよくわかっておりまして。信吾さんとあっしが話すのを聞いていた親方の父親が、にわか仕込みのあっしを本仕込みにしてくれたのですよ」

二人の怪訝な顔に気付いて信吾が説明した。

「にわか仕込みは寺の境内などで投銭稼ぎをする猿廻しで、本仕込みは今ご覧いただいた『捨子行』のように、お座敷で演じる物語のある芸なのです」

「猿が腰にしがみ付いたという出会いからして、おもしろいではありませんか」

布袋屋に笑い掛けてから、多左衛門は信吾とぺー助に目を向けた。

「そう言えば、お二人の出会いもお聞きしたいですね」

二人は一瞬目をあわせたが、信吾が先に話すことにした。

「『めおと相談屋』になるまえの『よろず相談屋』のころでしたが、ある日おおきな白犬が相談に来ましてね。自分は幇間の宮戸川ぺー助だが、犬の体に閉じこめられてしまった。なんとかならんかと訴えられまして」

信吾は目顔でぺー助に振った。

「幇間が犬に閉じこめられては、芸は当然として一切の仕事、女房と子供、それに仲間のことなど、どうしようもありません。それで信吾さんに相談したら、さすが相談屋さんです。あれこれやっているうちに、人にもどることができましてね」

「どうにもならぬ状態を、白犬の体に閉じこめられたとは、おもしろい喩《たと》えですね。それにしても、なんとも愉快な出会いではないですか」

ペー助は実際に犬に閉じこめられたのだが、そんなことを言ってもだれも信じないだろう。多左衛門も布袋屋も話をわかりやすく、おもしろく聞かせるための比喩だと思ったようだ。

「恵比寿屋さんの周りにおもしろくて特異な人が集まるのは、なんとも言えぬお人柄のせいでしょうな」

布袋屋のいささか辞令的な言葉に、多左衛門は微苦笑で応えた。

「お人柄とはうまい言い方をされましたが、頑固だけが取り柄の一刻者《いっこくもの》ですよ」

「信吾さんの周りに自然と愉快な人が集まるのも、恵比寿屋さんとおなじように、人を引き寄せる力をお持ちだからでしょうね」

布袋屋の「よいしょ」的な発言に苦笑してから、多左衛門は真顔になって信吾に訊いた。

「ところで信吾さんがその若さで、だれも考えたこともない相談屋を始められたのは、いかなる事情からですかな」

多左衛門が二人を招待した真意はそこにあったのだと、信吾はそのときになって気付いたのであった。真顔で訊かれたら、真顔で答えなければならない。

信吾はこれまで何度も話したことのある三歳時の大病と、それから奇跡的に快復したことから話を起こして語り始めた。もっとも病後、生き物と話せるようになったことは秘めたままに。

七

信吾はまだ暗いうちから、激しい雨音に起こされた。半刻からせいぜい一刻もすれば降り止むだろうと思っていたが、薄ぼんやりと明るくなったので蒲団《ふとん》を出たときには、雨音はさらに強まっていた。

念のため雨戸は開けず、土間に下りてから横手の引き戸を開けた。車軸を流すような雨であった。おおきな雨粒がひっきりなしに降り続けるので、太い白い線で垣根などぼんやりとしか見えないほどだ。

この雨では常吉の棒術や柔術、信吾の鎖双棍のブン廻しや木刀の素振りは、とてもできそうにない。

「雨があがるまで、幸吉は連れて来ていただかなくていいですよと、ムメさんに言いに行ったほうがいいかしら」

いつの間にか波乃がうしろに来ていた。

朝と昼間は仕方ないとしても、夜は幸吉を預けないようにしていた。乳を呑んだ幸吉が眠ってから引き取るようにしたので、以前のようにムメを求めて泣き叫ぶことはない。信吾と波乃が夜出掛けなければならないときは幸吉を抱いて行くようにしていたが、それができないときだけはムメに預かってもらっていた。

前夜もムメに頼んだが、一夜明けると思いもしない大雨となったのだ。

「いくらなんでも、この雨の中を来ないよ。それを理由に幸吉を傍に置いておけるから、喜んでいるかもしれない」

「ご飯を炊きますけど、常吉はずぶ濡れになりますね。食事を遅らせましょうか」

「ほかのことならともかく、食べるとなれば常吉は雨なんかに負けずにやって来るよ」

波乃は笑いながらお勝手に向かった。

空を見あげると、黒い雲が重そうにどんよりと垂れこめているが、風がないのでまるで動いていない。これなら障子が濡れることはなさそうだ。信吾は座敷にあがると八畳間と六畳間の雨戸を繰り、文机《ふづくえ》を障子の側に移して手控帳の整理を始めた。

食事の用意ができたので大黒柱の鈴で合図すると、すぐに常吉がやって来た。高下駄《たかげた》履きで番傘を差し、尻からげして体を丸めてやって来たが、それでもかなり濡れたのだから、降りの激しさがわかる。

波乃が渡す乾いた手拭を受け取りながら、常吉が信吾に言った。

「この降りでは、お客さんは来ないかもしれませんね」

「よし、今日は荒稽古をやろう」

「えッ、まさかこの雨に打たれながらですか」

「だからいいのだ。護身の術はいつ、どういうときにも使えるようにしておかねば、意味がないからな」

常吉が助けを求めるような目で見たので、波乃は思わず笑ってしまった。

「荒稽古はこんなときにしかできませんからね。だけど常吉に風邪を引かれては、その仕事を旦那さまがしなくてはなりませんよ」

「だったら座敷で柔道の組み手をやるか。庭でやるのとは一味ちがう稽古ができるぞ」

「本当ですか」

そのひと言で、べそをかいていた常吉は目を輝かした。

ゆっくり食べるようにと波乃は言うのだが、「はい」と返辞はしても常吉は搔《か》っこむようにして食べる。ご飯を二杯お替りした常吉が、「ご馳走《ちそう》さま」と両手をあわせたので、波乃は乾いた手拭を懐に入れてやった。

「ありがとうございます。洗って、乾かしてからお返しします」

「いいから、洗濯籠に入れときなさい」

番犬の餌を入れた皿を左手に、右手で番傘の柄を持つと、背を屈《かが》めて常吉は会所にもどった。

信吾はいい機会だから、手控帳の整理を一気に進めることにした。

空気が湿っていると、晴れているときよりも時の鐘がはっきりと響く。だがこの雨ではさすがに聞こえないので、時刻の見当が付けられない。腹時計で五ツと思《おぼ》しきころ来客があった。

「お客さまです。ムメさんのご亭人よ」

波乃は奥の六畳間に消えた。信吾が出ると、びしょ濡れになった男が頭をさげた。

「鉄五郎《てつごろう》と申します。いつもムメが厄介をお掛けしまして」

「いえ、こちらこそすっかりお世話になっております。それに毎日、三度三度乳をいただいて、なんとお礼を申してよろしいやら」

「これに着替えてくださいな」

波乃が着替えの小袖と帯、それに手拭を渡そうとすると鉄五郎は手を振った。

「ありごとうございます。ですが帰りもどうせ濡れますから。それに座敷を濡らしてはなんですから、あちらで」

そう言って鉄五郎は六畳の板の間を示した。

「ともかく着替えてくださいな。風邪を引かれては、ムメさんに叱られますから」

「そうですか。それじゃ」

波乃がお勝手に向かったので、鉄五郎はびしょ濡れの着物を脱いだ。背丈はムメよりわずかにあるくらいだが、引き締まった体付きであった。手拭で素早く体を拭くと、波乃の渡した小袖に着替えて帯を締めた。そして濡れた着物を素早く畳んで板の間の端に置いた。

「ここは暗いので、どうかあちらへ」

明かりがないので板間は薄暗い。信吾は鉄五郎に表座敷に移ってもらった。

「この雨なので赤ん坊を」

「幸吉ですね」

「はい。雨が止むまで預かってもらうよう、お願いにあがろうと思っていたところで」

「そういうお気遣いは」

言っているところに盆に急須と湯呑茶碗を載せて、波乃がやって来た。

「少し熱めに淹れましたので、濡れた体を内側から温めてください」

「畏れ入ります」

ひと口含んでから茶碗を置くと、鉄五郎は深々と頭をさげた。

「本来ならムメと二人で、お願いにあがらなくちゃならんのですが」

そこで鉄五郎は言葉を切って、二人をじっと見た。言われるまでは考えたこともなかったが、言われた瞬間に信吾はわかった。思わず見交わしたが、波乃の考えもおなじだったようだ。二人の思いは鉄五郎にもわかったらしい。

「そうなんです。幸吉のことでお願いにあがったのですが」

「お気の毒ですが、それには応じられない事情がありまして」

「かならず引き取りに来るのでそれまで世話を願いますとの、お二人への手紙が入っていたそうですね」

「ご存じでしたら話は早い。誠に申し訳ありませんが」

「いつ引き取りに来るのでしょう」

「やむを得ぬ事情があって捨てなければならなかったほどですから、とても見通しは立たないと思います」

「でしたら信吾さんと波乃さんは、いつとも知れぬそのときまで、幸吉の面倒を見続けるおつもりですか」

　二人は同時にうなずいた。

「十年後だとしても」

　やはりうなずく。

「引き取りに来たら子供はいなかったでは、話にならないですからね」

「十年は大袈裟《おおげさ》だとしても四、五年もすれば幸吉はお二人に懐いて、実の親が引き取ろうとすると厭《いや》だと言って泣き喚くと思います」

波乃が手巾で目を押さえたのを、鉄五郎は見逃さなかったようだ。

「波乃さん」

「は、はい」

「二十日の朝、波乃さんが受け取りに来たとき、幸吉はムメにしがみ付いたそうですね」

これも事実なのでうなずくしかないのだ。それを見て鉄五郎は信吾に、そして再び波乃に目を向けた。あとは二人に話し掛けた。

「幸吉を抱いた波乃さんが、甚兵衛さんに連れられて家に来たのが十四日でした。それから日に三度ムメが乳を呑ませて、六日目の十九日、連れ帰って初めて添い寝しました。幸吉にとっては、乳を呑ませてくれるムメが母親なんですよ。一年か二年で親が引き取りに来れば未《ま》だしもです。四、五年も経って、そのとき引き取りに来た人を親と思えますか。幸吉にすれば他人でしかありません」

「おっしゃることがわからないではありませんが、わたしどもを頼って託されたとなると、実の親が来たときに幸吉がいないと答えようがないではありませんか」

「あります。幸吉の幸せを考え、一番いい方法を採りました。三好町の大工鉄五郎とムメの養子としましたと、胸を張って言えるのではないですか」

「それでは、てまえは約束を果たしたとは言えません」

信吾がそう言うと、鉄五郎は桂馬《けいま》で「王手飛車取り」を決めたような顔をした。

「そうですか。信吾さんはどなたと約束を」

言葉に詰まってしまった。

「約束はしていません。直接幸吉を渡された訳ではないのですから」

「約束はしなかった。親は勝手に伝言箱の下に捨てたのですね」

鉄五郎に伝言箱の話はしていないが、するとムメから聞いたのだろうか。それよりも信吾は、父正右衛門と話したときのような息苦しさを感じないではいられない。信吾と波乃が拘《こだわ》っている根拠は、二人に宛てられた親の手紙でしかない。しかしそれは双方のあいだで約束が交わされたからではなく、相手方からの一方的なものでしかないのだ。

鉄五郎はそれまでと変わって、切なそうな表情になった。

「ムメは乳を呑ませてやってくれと甚兵衛さんに言われたとき、赤ん坊の名前が幸吉だと知って、今まであれほど驚いたことはなかったと言いました」

信吾と波乃は顔を見あわせたが、なぜなら話が思いもしない方向に進み始めたからだ。

「ご存じでしょうが、てまえどもは生まれてほどない子を亡くしたばかりでしてね」

「なんともお気の毒なことで、お悔やみ申しあげます」

「甚兵衛さんと波乃さんが幸吉を連れてきた日は子供、男の子でしたが、死んで十日目だったのです」

「そうでしたか。ムメさんが幸吉に乳を呑ませることは、死んだ子の供養になると言われたのですが、詳しいことは聞くことができませんでした」

「体が弱くて、産婆さんにも、あとで診てもらったお医者さんにも、生きられるかどうかは九分九厘もない、と思ってくださいと言われていたのです。ですから神さま仏さまに祈るつもりで、もし生き延びられたらと名前を決めていたのです。それが」

「幸吉だったのですか」

「まさか」と笑ってから、鉄五郎はすぐに辛そうな顔になった。「幸助《こうすけ》でした。ですからムメは天が幸助の代わりに、幸吉を授けてくれたのだと信じましてね」

波乃がまたしても、手巾を目に当てるのがわかった。

「幸吉に乳を呑ませているときは本当に幸せそのものですが、それだけに返さなければならないときは辛かったと思います。信吾さん、波乃さん。改めてお願いいたします。こちらさんに事情のありますことは重々承知していますが、幸吉をなんとかてまえどもの養子としていただけませんか」

鉄五郎は不意に畳に両手を突いて、その上に額を押し付けた。

「今朝起きると大雨となっていました。大工のあっしは仕事になりません。だから思ったのです、これこそ天の声ではないかと。お二人にお願いすれば、わかってもらえぬはずがない。幸助と幸吉、たまたま名前が似通っているだけだとは思えません。これが縁でなくてなんでしょう」

　波乃が体を震わせ、嗚咽《おえつ》を洩らし始めた。信吾は「自分は男なんだから」と言い聞かせて、なんとか涙だけは流さずにすんだ。

「お医者さんからはこうも言われました。ムメはもう子供は駄目かもしれない。もし生まれたとしても、永く生き延びることはできないだろうと。だからなんとしても幸吉を養子にしたい。その思いが通じるのか、幸吉はムメを母と思っているような気がしてなりません。こちらに乳を呑ませに来るときは空元気を張っているでしょうが、ひとりぼっちのムメは辛くて見ていられないのです。それが気になってならないからという訳ではないでしょうが、昨日、あっしは足場を踏み外しそうになりましてね」

「頭をおあげください、鉄五郎さん。突然言われても、でしたら、という訳にまいりません。幸吉は品物ではなくて、命ある、それも人ですからね。こちらにもさまざまな事情がありますので、少し時間をいただけますか」

「わかりました」と、あげた鉄五郎の顔は真っ赤であった。「なにとぞよろしくお願いいたします。それではあっしは、板の間で着替えますので」

「いえ、それでお帰りください」

　そう言った波乃は目を泣き腫らしていた。

「この雨じゃ、どうせ帰るまでにびしょ濡れになりますので」

鉄五郎は板の間に消えたが、信吾と波乃はどちらからも話し掛けることができなかった。ただ黙っていたが、頭の中をさまざまな思いが駆け巡っている。

「それではよろしくお願いいたします。どうもお邪魔さまでした」

見送ってもどると、きれいに畳まれた小袖と帯、そして手拭が置かれていた。

「ちょっと会所に顔を出します」

傘を差してはいたが、着物の裾や肩の辺りが雨滴で濡れた。信吾は懐から手拭を出して、濡れた箇所を念入りに拭った。

「それにしても、みなさんご熱心なことで。感心いたしましたよ」

この雨ではだれも来ないだろうから、信吾は常吉に柔道の組み手を教えようと思っていたのである。ところがいつもより多いほどで、常連だけでなく、たまにしか顔を見せない客の顔も見えた。

信吾が順に顔を見てゆくと、だれもが照れたように薄笑いを浮かべたが、そのうちに一人が言った。

「この雨じゃだれも来ないと思いましてね。ずぶ濡れになって顔を出せば、熱心だ、感心だと、席亭さんの覚えが良くなると思ったのですが、濡れ損だったようです」

爆笑が起きた。おなじ思いの者が多かったようで、笑うしかなかったのだろう。

大黒柱の鈴が一度だけ二回続けて鳴ったので、信吾は母屋にもどり常吉と交替して食事することにした。母屋側の庭に移ったときには、雨があがっていたので傘を開いて庭に乾《ほ》した。

食事を終えたころには、朝の雨が嘘のように明るくなっていた。そして見る見る青空が拡《ひろ》がって行く。こうなればもう決まりである。

「ムメさんと鉄五郎さんとこへ、行こうと思うんだけど」

「そうですね。気持は決まりましたか」

「空がどうすればいいかを教えてくれたよ」

「あたし考えたのですけどね。実の親は、当然ですが幸吉の幸せを願っています。あたしたちも、それを第一に願っているのです。ムメさんと鉄五郎さんもやっぱり。でも、その思いはお二人が一番強いと思いました。なによりも幸吉がムメさんを母親だと思っていますから。祖母さまに仔猫の選び方で、人が選ぶより仔猫に選んでもらうのが一番いいと言った以上、あたしは幸吉が選んだムメさんとその旦那さまにお任せするのがいいと思います」

「右におなじく」

波乃が噴き出した。

宮戸屋に両親と祖母、そして正吾に波乃の懐妊を報告に行ったとき、祝いの言葉を贈られた。波乃はちゃんと礼を述べたが、信吾は言葉が出ずに「右におなじく」と言って笑われたのである。

信吾が下駄を履こうとすると、「ちょっと待ってください」と言って波乃は姿を消した。すぐに風呂敷包みを持って現れたが、それは襁褓であった。波乃には不要となったが、ムメはすぐに必要になるからだ。

波乃が提げた襁褓の包みを見ただけで、ムメはすべてを理解して顔を輝かせた。鉄五郎が言った。

「もし実の親が信吾さんの所へ来て引き取ると言ってきたとき、幸吉がいなかったらひどく怒ると思いますよ」

「そのときのことは考えてあります」と答えたのは、信吾ではなくて波乃だった。「ムメさんには、毎日お乳を三度吞ませてもらっているし、預かってもらうこともあります。あたしが引き取りに行って、ムメさんから渡してもらおうと思ったら幸吉は泣き叫びましたから、そのことを話せば」

「ですが相手は実の親ですから」

「当然考えています」と、信吾は鉄五郎に言った。「てまえと波乃宛の手紙からすると、幸吉は生まれて六日めに捨てられました。乳が張ってどうしようもないときだそうです。それなのに捨てたのは、日が経つにつれて情が移り、捨てるのがますます辛くなるのがわかっているからですよ。乳が張る痛みを知っているということは、幸吉が初子ではないからでしょう。一人っ子ならどうにもなりませんが、でなければ言葉を尽くせばわかってもらえるはずです」

信吾は巌哲和尚が言っていたことを受け売りしたのだが、鉄五郎とムメはそれでもまだ不安そうであった。

「幸吉の幸せを一番に考えていますので、養父母の名前と住まいは教えることはできません、おわかりいただけるはずですが、で通します。おまえほどの頑固者はいないと、頑固な父に言われましたから、頑固さなら人に負けません。自信はありますよ」

ムメと鉄五郎は顔を見あわせたが、その顔からは不安はすっかり消えていた。

「これもなにかの御縁だと思います。信吾さんに波乃さん、今日からは親類付きあいをしてくださいね」

「波乃はムメさんと姉妹の約束をしたそうですから、鉄五郎さんとてまえは義兄弟の契りを結ばねばなりませんね、鉄五郎義兄《にい》さん」

「ということですから」と、波乃が言った。「よろしくお願いしますね、ムメお姉さま」

「お姉さまじゃなくて、姉さんと呼ぶように言ったじゃないの。忘れたのかい、波乃」

「ごめんなさい。ムメ姉さん」

大笑いになった。

思わぬ好結果となって、信吾は胸を撫《な》でおろした。

人の悩みを少しでもなくしたい、軽くしたいと思って、信吾は相談屋を始めた。仕事である以上、本来なら報酬がなければならない。

幸吉を巡る出来事では、「めおと相談屋」は一文も得られなかった。しかし捨てられた幸吉にこれ以上ない親ができたのであれば、それがなによりの報酬ではないだろうか。生活を建て直すことのできた実の親が引き取りに来たとしても、幸吉の幸せな姿を見れば納得してもらえるにちがいない。

それ以上に重要なのは鉄五郎とムメ夫妻、そして養子の幸吉という、肉親にも等しい隣人ができたことであった。これは金銭に代えがたい財産である。

大名家の江戸留守居役蟻坂吉兵衛から受けた相談では、幇間の宮戸川ペー助や猿曳きの誠、また恵比寿屋多左衛門など多くの人の協力もあって、「捨子行」の競演をおこなうことができた。それだけでなく、関わった全員に満足してもらえたのである。藩からと吉兵衛個人からと、二包みの相談料名目の謝礼が得られた。それぞれに十両が包まれていた。

信吾は相談屋の仕事を通じて知りあった人たちの多くと、その後も交流を続けている。

悩みに苦しんだ人たちは、それを乗り越えることによって繊細さと機微を感じ取れるようだ。

各人の秘密には触れることなく、信吾はこれまで少しずつ相談客たちを引きあわせてきた。できれば波乃といっしょにその輪をおおきく拡げ、でなければちいさくてもいいので、多くの輪を作りたいと思っている。

今回、難産ではあったが、鉄五郎とムメ夫妻に幸吉という輪が生まれた。新しい親と子のちいさな輪だが、おおきな輪になる予感がある。それに自分たちが関われたことが、信吾と波乃にはうれしかった。

解説

末國善己

人と人とがかかわる限り、トラブルの種は尽きない。それは江戸時代も変わらず、土地、借金、給金、結婚、離婚など現代と変わらない理由で民事裁判が起こされていた。ただ江戸時代の民事裁判は、お上の手を煩わすと考えられていた。訴訟をするには家守（大家）、名主などの許可や立ち会いが必要で、家守らには日当や食事代を支払う必要があるので時間とお金がかかった。そのため小さなトラブルであれば、家守や名主の仲介で話し合いをして内済《ないさい》（示談）にすることが多かったようである。

町人が自治組織を作っていた江戸では、名主は町人の代表と幕府の出先機関を兼ねた半官半民的な性格があり、何か相談するには敷居が高いと考える人もいたはずだ。藤沢《ふじさわ》周平《しゅうへい》『よろずや平四郎《へいしろう》活人剣』を始め、相談屋のメンバーがトラブル解決に動く時代小説は、江戸の事情を背景にして生まれたように思える。浅草の老舗料理屋「宮戸屋」の長男だった信吾が、弟の正吾に跡取りを譲り、「よろず相談屋」と将棋会所「駒形」の看板を掲げる〈よろず相談屋繁盛記〉も、この系譜に属している。

三歳の時に高熱を出し三日三晩寝込んだ信吾は、回復後、時折記憶が抜け落ち、動物の言葉が理解できるようになった。自分が元気になったのは「世の人たちのために役立つよう」になるためだと考えた信吾が、夢を実現させたのが「よろず相談屋」だった。

信吾一人の活躍は第五巻『あっけらかん　よろず相談屋繁盛記』で終了したが、老舗楽器商「春秋堂」の娘・波乃が押しかけ女房になってからは、シリーズ名を〈めおと相談屋奮闘記〉に変え、既に第九巻まで刊行されている。第十巻の本書『親と子』は、波乃が妊娠し出産の日を待ち望む二人が、親子がからむ事件に巻き込まれていく。

「捨子行」は、二重三重に入り組んだ捨て子の問題が描かれる。

猿曳《さるひ》きの誠が、猿の三吉を連れて信吾を訪ねてきた。誠は、子供を棄《す》てるか否かに悩む親の心情を題材にした詩吟「棄兒行《きじこう》」のラストを笑いに変えるお座敷芸「捨子行」を三吉に演じさせ評判になったので、それを見せに来たのだ。「棄兒行」の作者は、幕末の漢詩人で戊辰《ぼしん》戦争では奥羽越列藩同盟を鼓舞する檄文《げきぶん》「討薩檄《とうさつのげき》」を書いた雲井龍雄《くもいたつお》とされてきたが、近年は同じ米沢藩士の原正弘の作というのが定説になっている。

誠に「捨子行」を最初に演じたのが幇間《たいこもち》と聞いた信吾は、誰が作ったのかを知るため幇間の宮戸川ペー助の家に行った。ペー助によると、趣味人の集まりで参加者の一人が見た吾妻橋の捨て子を題材に詩を競作することになり、原正弘が一等賞になったが、場が暗くなったので座敷にいた幇間に笑える芸にしろとの話になったという。この挑戦を受けた幇間は即席で「捨子行」を作り皆を驚かせたが、その幇間はペー助だったのだ。捨て子を題材にした芸で盛り上がった翌日、信吾の家の前に赤子が捨てられていた。

江戸時代は、捨て子が珍しくなかった。そのことは、五代将軍徳川綱吉《とくがわつなよし》が出したいわゆる生類憐《しょうるいあわ》れみの令が、子供、病人、高齢者などを捨てることを禁止していた史実からもうかがえる。家が貧しくて育てられない、兄弟が増え相続争いを防ぐため、単身者が多かった都市部では望まない出産をした女性が手放すなど、子供が捨てられる理由は様々だが、乳幼児の死亡率が高かったため、捨てられた子供を引き取る家も少なくなかった。そのため捨て子を養父母に手渡すまでのプロセスも確立していたようである。

作中には、養育費目当てに捨て子を養子にする悪徳夫婦もいたとある。捨て子を養子にした時に養育費が支払われたのは史実としてあり、貧しい夫婦が養育費目当てで捨て子を引き取り餓死させる悲劇もあったようだ。養育費は、幕府や藩ではなく町や村が出していた。

信吾が拾った赤子には母親が書いた手紙が添えられていて、名前は幸吉。妊娠中の波乃は幸吉を引き取りたいと考えるが、子育ての経験がなく泣き出した幸吉にどう対処していいのか分からない。人生経験豊富なご隠居・甚兵衛に、大工の女房で赤子を亡くしたばかりのムメを紹介された波乃は、ムメに乳をもらいながら幸吉を育てようとする。

慣れない育児に追われる波乃の奮闘が描かれる一方で、信吾は、ある大名家の江戸留守居役・蟻坂吉兵衛から相談を受けていた。蟻坂が、七つの大藩が所属する留守居役の親睦会・長月会の幹事になった。蟻坂は同役を驚かす趣向を用意したいが、妙案が出てこないので信吾に相談に来たのだ。長月会の会場になる百川楼は明治初期まで営業した実在の高級料亭で、落語『百川』の舞台としても有名である。

蟻坂の話を聞いた信吾は、すぐにとっておきの趣向を思い付くが、実現するには難しい交渉が必要だった。信吾の交渉が、依頼された人にも交渉を迫る連鎖が起こるが、真を尽くして相手を説得しようとする言葉の戦いには圧倒的なサスペンスがある。

「捨子行」が子育ての物語とするなら、「兄と弟」は老いが事件の発端となる。

日本橋の北、室町の小間物屋の大店《おおだな》・和泉屋の長男・李兵衛が、相談に来る。李兵衛によると、還暦を迎えた主人の市右衛門に老化の兆候が現れたが、「本当にボケ」たのか「ボケた振り」をしているのか判然としないという。だが信吾と波乃は、李兵衛が何か隠しているような気がしていた。現代では、老人の介護で物心両面で苦労する家庭が増えているが、程度の差はあれ、江戸時代にも似た状況はあった。鼻山人《はなさんじん》の洒落本《しゃれぼん》『籬《まがき》の花』には「さる所に六十ばかりなおやぢが、老もんして今いツた事も直に忘れる」とあり、老中の松平定信《まつだいらさだのぶ》が作成させたとされる『官刻孝義録《かんこくこうぎろく》』には、老病・老耄《ろうもう》の親を介護した子供のエピソードが紹介されており、親の介護を美談として取り上げたのは、老いた親の面倒を見なかった子供が少なくなかったからと思われる。

だが信吾と波乃が粘り強く話を聞くと、問題の本質が市右衛門の「ボケ」ではないと分かる。李兵衛は八歳で母を亡くし、市右衛門は前妻の勧めで女中の徳を後妻にした。徳は李兵衛を実子のように育て、それは自分が敏造を産んでも変わらなかった。だが李兵衛が取引先の紅屋の三女を妻にし、二人の間に子供ができても市右衛門は店を譲るといわなかった。敏造は成長するにつれ商人として非凡な才を見せるようになり、李兵衛は徳と敏造が店を乗っ取る策略をめぐらせているとの疑念を抱くようになっていたのだ。

李兵衛は、明るく社交的で仕事もできる敏造に強いコンプレックスを抱いている。周囲に敏造タイプの同僚がいれば、李兵衛のように何でも後ろ向きに考えるようになるケースはあり得るので、苦悩する李兵衛に思わず共感する読者は少なくないだろう。李兵衛と敏造の関係がリアルなだけに、劣等感をこじらせた李兵衛の心を解きほぐすために信吾がかける言葉から、勇気と希望をもらう読者も少なくないはずだ。

信吾と波乃は、幸吉を預かっていることをそれぞれの実家に報告するのを忘れていたが露見してしまい、「新しい親子」では信吾の両親が事情を聞きに来てしまう。信吾の両親は、養子に出せば実の親が返して欲しいといってきても養家との話になりトラブルに巻き込まれない、捨て子を引き取って育てている話が広まれば次々と信吾の家の前に子供を捨てる親が現れるかもしれないといった現実的な話をする。だが常に性善説に立つ信吾はあくまで幸吉を育てようとし、両親の説得を拒否し喧嘩《けんか》別れのようになる。

一方、ムメに一晩預けた幸吉を迎えに行った波乃は、ムメの親指を摑《つか》む幸吉を引き離して連れて帰った。波乃はムメに懐く幸吉にどう接すればいいのか迷うが、こちらから乳をもらいたいと頼んでいるので、いきなり断るのは難しい。悩める波乃と信吾の前にムメの夫の鉄五郎が現れ、幸吉と似た名前の幸助を亡くし、医者から子供を産めないかもしれないといわれたムメのためにも、幸吉を養子にできないか相談してくる。

若い頃に贔屓《ひいき》客の前で大失敗して声がかからなくなっていたぺー助は、恵比寿屋の大旦那・多左衛門のお座敷に呼ばれた。その時「幇間の仕事は旦那の話を聞いてあげることだ。そして感心したように相鎚《あいづち》を打つ。自分からは喋《しゃべ》らず、相手の言ったことにさも感心したようにうなずく。それに徹しなければならない」という師匠の言葉を思い出し、これを多左衛門の前で実践して再起を果たし、人気の幇間になった。

実は持ち込まれた相談を解決する信吾の方法は、ペー助の師匠の言葉に似ていて、自己主張をせずに依頼人の話を聞き、利他に徹することが自分の利益にもなると説き、結果的に誰も傷付けない落とし所を見つけている。

「捨子行」で、信吾に頼まれごとをした男たちが、その願いをかなえるため奔走するのも、信吾に感じていた恩義と、信吾が蟻坂の依頼を実現するためだけに汗を流していると知っているからである。「兄と弟」の杢兵衛が信吾の言葉を聞き入れた理由も同じで、信吾が相談料のためではなく、杢兵衛の誤解を解き敏造との仲を修復しようと動いた心意気に触れたからである。そして「新しい親子」でも、信吾は自分と波乃の幸福より、どうすれば幸吉とムメ夫妻が幸せになれるかを優先し、難しい問題を丸く収めている。

だが現代では、目立つためなら手段を選ばない強い自己顕示欲や、自分の利益を最優先し他人がどうなっても構わないという利己主義が広がり、それがトラブルの原因になるのも珍しくない。「おおきな力」によって「世の困っている人」「悩んでいる人」の役に立つよう「生かされた」と考え利他的に行動している信吾は、現代の風潮を批判し、一時的にマイナスになるかもしれないが相手の立場を考慮し相互理解を深めれば、それが最終的に自分の利益も増やしてくれることに気付かせてくれるのである。

信吾が一人で相談屋を営む〈よろず相談屋繁盛記〉として始まったシリーズは、波乃と結婚しタイトルを〈めおと相談屋奮闘記〉に変えたが、夫婦二人三脚で依頼人の悩みを解決する物語は本書で完結となる。ただ信吾と波乃に誕生する子供を加えた新たな展開が準備されているようなので、新シリーズのスタートを楽しみに待ちたい。

（すえくに・よしみ　文芸評論家）

本書は、集英社文庫のために書き下ろされた作品です。
本文デザイン／亀谷哲也［PRESTO］
イラストレーション／中川　学

集英社文庫
野口卓の本

なんてやつだ
よろず相談屋繁盛記

動物と話せる不思議な能力をもつ青年・信吾。家業を弟に譲って独立し、相談屋を開業するが……。痛快爽快、青春時代小説、全てはここから始まった!

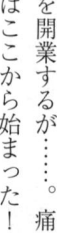

まさかまさか
よろず相談屋繁盛記

今回の相談客はなんと白い犬！　実は彼は芸人で、突然犬の体に閉じ込められたのだという。信吾と宮戸川ペー助との出会いのエピソードが読める巻。

集英社文庫
野口卓の本

なんて嫁だ
めおと相談屋奮闘記

相談屋に来た三人の子供の相談に波乃が対応することに。その話を聞いた信吾が考えたことは。夫婦になって魅力倍増。青春時代小説、第二シーズン突入！

集英社文庫
野口卓の本

次から次へ
めおと相談屋奮闘記

「コンピュータ世代の若手棋士、読むべし」と将棋棋士・先崎学九段も推薦！　将棋会所に集う子供達が信吾にある交渉をしてくる話などを収録した巻。

集英社文庫
野口卓の本

風が吹く
めおと相談屋奮闘記

一匹の猿が相談屋に。猿廻しの稽古が厳しく、助けて欲しいという。しかし信吾がいきなり訪ねても怪しまれるだけ。どうする？ 誠と三吉、初登場の巻。

集英社文庫
野口卓の本

新しい光
めおと相談屋奮闘記

相談屋に謎の言葉が書かれた紙片が投げ込まれる。三枚目は物騒な事件を予言する内容で……。謎の真相は。巻の最後、夫婦におめでたい出来事が！

集英社文庫

親《おや》と子《こ》 めおと相談屋奮闘記《そうだんやふんとうき》

2023年５月25日　第１刷　　　定価はカバーに表示してあります。

著　者　野口《のぐち》　卓《たく》
発行者　樋口尚也
発行所　株式会社 集英社
東京都千代田区一ツ橋2-5-10　〒101-8050
電話　【編集部】03-3230-6095
【読者係】03-3230-6080
【販売部】03-3230-6393（書店専用）
印　刷　図書印刷株式会社
製　本　図書印刷株式会社

フォーマットデザイン　アリヤマデザインストア　　　マークデザイン　居山浩二

ISBN978-4-08-744530-5 C0193